学習院女子大学グローバルスタディーズ②

# グローバル・ヒストリーと世界文学

## 日本研究の軌跡と展望

Global History and World Literature: Past and Future Perspectives of Japanese Studies

[編集]
伊藤守幸
ITO Moriyuki
岩淵令治
IWABUCHI Reiji



勉誠出版

# 序——グローバル・ヒストリーと世界文学

タイトルにもあるように、本書においては、日本史研究と日本文学研究という二つの分野の論考が、それぞれのテーマ毎に並列的に配置されている。ただし、本書を通読してもらえば、史学と文学の論文題目が並ぶ目次の印象とは異なる読後感が得られるはずである。その読後感は、本書の執筆者の多くが外国籍の研究者であることと関係する。執筆者の大半が海外の研究者であるということは、本書の内部に一貫して外部の視点が存在することを意味するのだ。日本では、本書のように異なる研究分野の論文を集めて一書を編纂するのは、比較的珍しいケースと言えようが、海外に目を向ければ、そこでは、基本的に日本研究はアジア研究の一分野として位置づけられているのである。そのため、開催される研究集会も、日本研究に的を絞った会議が開かれることは稀であり、編纂される論文集も、アジア全域や東アジア、西アジアなど比較的広範な世界を対象とするものが多いのである。

そんな研究環境に身を置く研究者にとって、日本研究の内部における分野の違いなど、障壁として意識されるようなものではないらしいということは、シンポジウムの討論記録を見れば明らかである。本書の元になった国際研究集会は、平成28年10月1日～2日に開催されたが、日本史研究と日本文学研究の集会を日替わりで開催したため、来聴者の顔ぶれも日替わりで変わることになったが、両日にわたって参加した発表者たちは、研究分野の枠組など関係なく、積極的に発言を繰り返したのである。日本国内で開催されるシンポジウムで、分野の異なる研究者の間で、これほど活発に議論が交わされることは珍しいので、この討論記録は、そうした意味でも興味深い内容を含んでいると言えよう。こうした海外の研究者の言動は、日本国内の学会の緻密にして細分化された議論、しかし、どこか閉塞感の漂う議論のありようと対照的である。

ところで、論文執筆者の大半が外国籍の研究者であるということは、彼らが、日本語を母語としないという共通点を有することを意味している。本書の執筆者の国籍は多様だが、たとえば英語や中国語を母語とする人たちならば、事実上の世界共通語を身につけているわけだから、なぜ母語よりも遥かに使用者の少ない日本語に興味を持ち、日本人と遜色のない言語運用能力を身につけるまでに至ったのかと、問われたこともあるだろう。言語の問題に限らず、たとえば「極東」という表現に端的に示されるように、ヨーロッパを中心とする視座に立てば、日本は地球の「片隅」の島国に過ぎないから、なぜその国の歴史を研究するのか、その国の文学を研究することにどんな価値があるのかといった問いは、海外の日本研究者にとっては聞き飽きたものであるに違いない。そして、そのような問いこそ、日本語を母語として生まれ育ち、日本国内で日本語を用いて史料や文学作品を読み解いている研究者には、ほとんど意識されることもない問いなのである。

本書を通じて、読者は、海外の日本研究の最新の動向を知ると同時に、海外の研究者たちの「私はなぜ、如何にして、日本研究者になったのか」という内省に接することになるのである。

本書第1部「“日本史研究”のコンテクスト」の元になったシンポジウムでは、発表依頼に際して、母国の日本史研究(あるいは歴史研究)のコンテクストと、研究者自身の発想や研究方法の形成過程の関係にも論及してほしいという旨が、あらかじめ発表者に伝えられていたのだが、それは、日本とは異なる研究状況に身を置く彼らの葛藤や問題意識に触れることで、そこから日本人が多くのことを学べるのではないかと考えたからだ。あわせて、近年、教科書に反映されつつあるほど日本でも普及した「グローバル・ヒストリー」と、“日本史研究”を、再考する機会ともなるだろう。

第2部「世界文学としての日本文学」では、研究者の学問的アイデンティティーに関わるような問題設定はなされなかったが、そもそも文学研究というものは、研究者の自己形成と切り離せないものであるし、日本文学をどのように世界文学として位置づけるかという問題も、日本人よりも海外の日本文学研究者にとって切実な問題であると思われる。海外の日本文学研究のコンテクストが、そうした切実さをもたらすのだ。たとえば、英語圏の文学研究では、ヨーロッパ中心主義は今も根強いものがあり、日本文学研究者は、自分たちの研究分野がマイナーな存在であることを常に意識させられているのである。あるいはまた、アメリカにおいて「惑星文学」という概念が議論されていることなども、日本国内でそのような発想に基づく研究が可能かと自問してみれば、彼我の研究コンテクストの違いは歴然とするだろう。

このように、本書は、外国人研究者の論文を中心に編集したことによって、一貫して外部の視点を強調したものとなっている。本書を読んで、何かしら違和感を覚える瞬間があるとすれば、そのとき読者は、内なる視点と外部の視点のズレを経験しているのである。世界を多元的に捉えるとはどういうことか、それを考えるきっかけとして本書を活用してもらえれば幸いである。

なお本書は、学校法人学習院の平成27年度戦略枠予算及び平成28・29年度学校長裁量枠予算によって実施された国際共同研究に基づいている。事業の実施に当たっては、学習院女子大学国際学研究所の協力を得た。本書は、平成28年度に開催された国際研究集会の成果を書籍化したものだが、3年計画のこの事業では、5回にわたって様々な分野の国際研究集会が開かれており、それらの成果に関しても「学習院女子大学グローバルスタディーズ」シリーズとして公刊することが予定されている。

学習院女子大学　伊藤守幸、岩淵令治

# 目　次

## 第2部　世界文学としての日本文学

# 第1部

# “日本史研究”のコンテクスト

# “日本史研究”のコンテクスト

岩淵令治(学習院女子大学)

「日本文化研究」あるいは「日本学」といった自国の文化を研究する言葉や研究をすすめる機関は、ヨーロッパには存在せず、1987年の段階でも社会主義を標榜するいくつかの独裁的な国家にしか存在しなかったという(白幡2009、キブルツ2009)。日本の場合、その原点は、西欧文明からの自立やアイデンティティの確立にあり、日本近代の「国史」や「国文学」という名称に象徴されているという指摘がある(キブルツ2009)。

第2次世界大戦後も、日本文化論は変転をたどってきたが(青木1990)、今日につながる「日本文化」という表現が強調され始めたのは、新自由主義が本格化した1980年代の中曽根政権の時である。「国際化」の中で、新しい文化大国主義が主張され(黒田2007)、1987年には国際日本文化研究センターが設立された。やがて1990年代のグローバリズムにおける学問の「国際化」と一方での自国愛、人文科学への逆風の中で、「日本文化」研究がうながされ、2000年代に入ると、立教大学日本学研究所(2000年設立)、法政大学国際日本学研究センター(2002年)、お茶の水女子大学比較日本学研究センター(2002年)など、大学にも日本学を冠する機関が設立されるようになった。

一方、諸外国においては、日本文化研究は広いアジア研究の中への統合という、結果としては日本と相反する方向にすすんだ。欧米における日本学の出発は異文化への憧憬をきっかけとし、植民地政策と密接に関係した地域研究へと展開した。近年は、さらに欧米文化の相対化を意識した「ポスト・モダンの「日本研究」」に至っているが(星野2005ほか)、やはり日本文化研究の研究環境は、市場原理による現実的な要請によって左右されるのである。一方、東アジア諸国においては、西欧文明に対する東アジアの価値観の発見という方向の中で日本文化研究を位置づける動向もみられる。

日本を研究することを共通の土台として、「日本学」や「日本文化研究」が標榜されるが、当然のことながら、その道のりは、このように日本と外国、また外国でも地域・国によって異なるのである。

その一方で、日本と諸外国の「日本文化研究」には共通点がある。

第1に、出発点を異にしながらも、よき「日本文化」を抽出し、強調しがちな点である。たしかに、近年の日本では、1990年代以降の日本経済の低成長を経てさらに加速した新自由主義が、「日本文化」の「伝統」(「集団主義」など)と微妙な亀裂を生じている(ゴードン2016)。しかし、結局、よき「伝統」の抽出という傾向は継続している。

第2に、研究対象も研究分野も多様で、いわば中心なき漠然としたくくりである点である。日本研究が、他文化からの批判を自文化の相対化につなぐメタ・サイエンス(星野2005)という可能性を持つことはたしかだろう。しかし、その実践はそれぞれの分野ごとの交流でこそ、可能になると考える。

ここ数年来、「国際化」の旗印のもと、人文科学の国際シンポジウムが増え、留学生も増加したことで、分野ごとの交流が活発化しつつある。日本研究は、日本人のものだけではないという自覚も芽生えてきたのではないだろうか。文学研究においては、日本文学を世界文学の中で考えていく、というとらえ方も受けとめられるようになった(本書第2部)。歴史学では、グローバル・ヒストリーの中で、日本も含めて東アジアの「近世」「近代」が論じられるようになった(清水編2015など)。美しい日本を描くことに収斂しがちな「日本文化研究」が、それぞれの専門分野の中では相対化されてきているといえよう。

しかし、巷では、2020年の東京オリンピック・パラリンピックに向けた観光化、文化の商品化(政府方針である「稼ぐ文化」)の中で「伝統」の創造が加速化している。自文化認識の形成において、他文化との差異の認識とともに、他文化からのまなざしが大きな影響をおよぼすことはいうまでもないが、とりわけ観光の局面では、発信される「伝統」は、諸外国から期待される像を意識せざるをえない。その代表の一つである、矛盾なき庶民の「伝統」を標榜する"幸せな江戸像"が、ナショナリズムへ寄与する道筋を考えれば、このような「伝統」の創造は、笑い事では済まされない(岩淵2018)。

こうした中で、「日本文化研究」は現象面やテーマを諸外国の関心に合わせていくのではなく、それぞれのまなざしのコンテクストを理解した上で、各分野においてすすめていく必要があろう。すなわち、外国における個別研究の成果だけを見るのではなく、各国の研究者の発想・研究方法をその形成過程から学ぶことが必要なのではないだろうか。

20世紀末以降、国際日本文化研究センターのシンポジウム「世界のなかの日本」I〜III(1988〜90年開催)、「日本文化・京都会議」(1994年開催)、『日本研究』10号の特集「日本文化」(1994年)、20周年記念シンポジウム「日本文化研究の過去・現在・未来——新たなる地平を拓くために——」(2007年開催)、さらに不定期で刊行される『世界の日本研究』(最新号は20号、2017年5月刊行)などで、たびたび各国の「日本学」「日本研究」の動向が紹介されている。しかし、一部を除き(ツベタナ1994、ウォルソール1999、ヴォルフガング2001、オーバーレンダー2006など)、その対象は茫漠とした「日本学」「日本研究」である。またその内容は、各国におけるコンテクストの変化を語るものもみられるが(本書にかかわるところでは、ダワー1995、ブラウン2000、趙2013など)、多くは教育体制・環境や学会の現状など、制度的な動向と研究の傾向の紹介が主であった。むろん、こうした現状報告も意味のあるものである。しかし、第1に、日本研究の現在を理解するためには、各国の個別の専門領域における研究のコンテクストが重要なのではないか。第2に、研究者自身の個人史としての語りが、何よりも説得力を持つと考える。後者については、国際日本文化研究センターの『世界の日本研究　2015』に設けられた第3部「私の日本研究」で5人の研究者が日本との出逢いについての語りを活字化しており、興味深い。ただし筆者は、さらに専門領域において、同時代の母国における日本研究のコンテクストと、研究者個人の研究の葛藤に学びたいと考えている。

こうした立場から、編者の専門領域である日本史研究の第一線で活躍されている世代の異なる3人の日本近世史の研究者——ロナルド・トビ氏(アメリカ　イリノイ大学)　ギヨーム・カレ氏(フランス　国立社会科学高等研究院)　朴花珍氏(韓国　釜慶大学)——より、日本史研究の形成過程と、現在の御研究に到る道筋をお話し頂くこととした。また、フランスのパリ第7大学博士課程に留学中の世川祐多氏、日朝関係史・日中関係史がご専門の米谷均氏(早稲田大学)にコメントを頂いた。ここでは、それぞれの研究史の流れと現状について、概要を紹介しておきたい。

トビ氏の論文では、欧米圏においては、元禄期に長崎のオランダ商館に滞在したケンペルが記した『日本誌』が欧米圏全域に流布し、18・19世紀を通じて愛読され、近世史研究の原点になったとする。その後、アメリカでは20世紀前半にアマチュアの歴史家の時代を経て、朝河貫一を先駆者として日本近世史での学位取得者があらわれ、不況を背景にマルクス主義的立場からの研究もすすめられた。第2次世界大戦後の冷戦期に入ると、近代化論を大きな軸として研究がすすんだが、1960年代以降、他の東アジア諸国の成長や、植民地の独立戦争やベトナム戦争での欧米諸国の敗北によって近代化論は失速する。ちょうどトビ氏が日本と韓国の関係史に関心をもって研究に入ったのはこの時期であったという。氏は、植民地における「皇民化」・「同化」教育への関心から、その根底を掘り起こすために「壬辰倭乱」後の戦後処理へと課題を変え、「朝鮮通信使」を素材に江戸期・朝鮮後期の両国関係史の研究をすすめた。そして、「南蛮」・オランダなどとの関係ではなく、朝鮮・琉球・明や清との関係を基本に全体を見たことにより、従来の「鎖国」史観への疑問を呈することに至ったという。さらに、文献史料だけでなく、朝鮮通信使を題材にした視覚資料、各地の祭礼行事に残された通信使の表象を検討することによって、近世日本における異国観・異国人観、つまり自他認識を探ることに関心を移し、研究を重ねてこられた。そして、具体的な絵画資料分析の成果を紹介している。フィリップ・ブラウン氏(オハイオ州立大学)のご教示によれば、近代化論はすでにアメリカにおいては最近の日本史専攻生でも知る者が少ないそうであるが、当時の影響力の大きさと、そこから自由になり、さらにさまざまな史資料にもとづくことで日本における「鎖国論」に再考を迫ったトビ氏の研究の軌跡は興味深い。今回の論文で紹介された絵画分析については、御著書をアメリカで準備中とのことで、邦訳も待ち遠しい限りである。

次にカレ氏の論文では、フランスにおける日本史の研究の展開について、大きくは3点を指摘された。第1は、今日に至るまで、日本の研究動向に大きく影響を受けていることである。日本学の正式な開始は、パリの東洋語学校で日本語の教授ポストが創設された1868年であったが、当初は中国学の補助学問であった。一方、日本は20世紀初頭から学問や教育の枠組みを整え、早い段階で日本研究の最先端に立つという、西洋文明圏に属していない国家としてかなり珍しい状況にあった。日本史研究の最初の業績は1930年代にあらわれるが学会全体の中では影響力が弱く、1970年代以降、大学の日本語学科が増えたことで日本史研究が定着したが、かなり忠実に日本の動向を反映しているという。第2は、日本史研究のおかれている環境である。日本史は日本語学科で教えられるため、歴史学としての方法論を学ぶ機会が少なく、また「純粋な歴史学」と「地域研究としての日本学」の間で学問的に居心地の悪い立場に立たされているという。さらに、ポストが少ないために分野が網羅的で、それぞれの継続性も弱い。第3は、近年における変化である。各時代史の中で、近代史は膨大な史料とその史料の類似性によって全世界レベルで同種の方法論をとることが可能なため、海外の研究の影響を受け、またフランスで歴史学の仲間入りを果たした。また、他の時代については、「接続された歴史学」や新しい比較史の影響によって、東アジアという地域の中で研究するという方法論が展開しつつあるという。そしてカレ氏自身は、まず西洋史を専門としつつ、日本文学から日本にご関心を持ったのち、日本学の学習を基礎に、最初の留学先であった金沢の近世後期の町人社会から研究をはじめ、さらに近世初期の大商人の成長過程を研究された。その後、この商人が貨幣の発給に関わったことから貨幣史の研究をはじめ、次第に金銀の流通に関心を持つようになった。そして自然と中世末・近世初頭の日朝関係に目を向け、1540年代から1580年代にかけての朝鮮と倭人と中国の関係を研究しながら、論文をまとめて提出されたという。また、日本史研究者の役割として、日本人研究者の研究成果を直接フランスの学界に知らせる事も重視し、10年前から近世都市史と身分制の比較研究の日仏共同プロジェクトを実施しながら、学術雑誌の日本史特集号の編集や、日本人研究者の論文の翻訳などを行ってきたとのことである。日本が日本研究の中心としてヨーロッパに大きな影響を与えてきたこと、しかし先駆的な研究はあるものの、近年のグローバル・ヒストリーの中で日本人研究者の日本史研究が孤立気味にある中で、その紹介者として活動されている点は示唆的である。なお、カレ氏の日仏共同プロジェクトの実践の一端については、『思想』2014年8月号の特集号「交差する日本近世史」をご参照いただきたい。

朴氏の論文では、まず近世史研究を中心に、韓国における日本史研究の動向を紹介した。第2次世界大戦後、韓国における東洋史研究は主に中国史であり、1980年代中頃、アメリカ・日本の留学から帰国した3人の研究者が大学で教鞭をとり始めてから、日本史研究者が育ちはじめた。そして、1995年前後に日本などに留学した多くの若手研究者が帰国して、日本史研究が活発化し、学会も設立された。研究は、韓日関係史の分野と、韓半島と関わりのない独自的な日本史分野の2つに大きく分けられるが、とくに前者の比重が高い。近年、後者も活発になり、研究テーマはかなり多様化したが、論文数はそれほど多くないという。韓国における日本史研究の近年の課題としては、第1に韓日懸案問題(歴史教科書・海洋境界・慰安婦・戦争責任など)に関する多様なプロジェクトが活発化したことで、研究者が疲労感を感じている場合も少なくないということ、第2に韓日関係史研究者は日本側の文献・史料を参考することが難しいため、若手研究者の育成のためにも日本史関連基礎史料の編纂・翻訳事業を積極的に行う必要があるということ、第3に韓国の独自的対象としての日本史研究のテーマ拡大のため、日本での日本史研究の成果を受容しやすいように、研究者の国際的交流の場をもっと広げる必要があること、をあげている。朴氏自身は、1970年代の日本史を学べない環境の中で資本主義萌芽論や実学思想の研究からスタートした。そして、日本人の訪問が多い釜山で学ぶ中で日本に関心を持ち、日本に留学して日本社会、日本の基礎共同体の村落について研究し、韓・日両国の近世農書・地方の売買文書の比較研究を行ったという。帰国後も日本村落史研究を続けたが、韓国では日本史の知識が不足しており、かつ日本での史料調査が困難であることから、日本との交流が深い釜山の地域史に研究テーマを変更した。こうして、現在取り組んでおられる釜山における地域史研究について、具体的な成果を示している。複雑な日韓関係の中で日本史研究をすすめていくという困難な状況の下で、地域史として日朝関係史にたどりついたという朴氏の軌跡は、研究者としてのレゾンデートルの一つの手本といえるのではなかろうか。

このように、日朝関係史に至った三氏とも、それぞれの母国の日本史研究のコンテクストと研究環境によって、その軌跡は異なっている。当日の議論については、討論要旨を参照されたいが、筆者自身は、海外における日本研究とその視角に学ぶ際、言語のハードルのみならず史料収集における困難さ、そして近代化論の影響や、とくに欧米にあっては地域学と歴史学のはざまにおかれている状況を念頭におかなければならないことをあらためて認識した。また、こうしたことを理解した上で、日本人による研究の国際発信の必要性を感じた次第である。

最後に、コンテクストと研究履歴というナイーブなテーマに応じていただいたみなさま、的確なコメントを下さったコメンテーターのお二人、そしてテープ起こしの修正や討論要旨執筆をお引き受け頂いた学習院大学大学院生の望田朋史氏、当日の会場運営に協力していただいた学生・職員のみなさまに感謝致します。

引用文献


青木保　1990『「日本文化論」の変容』中央公論社

岩淵令治　2018「遙かなる江戸の此方にあるもの――"幸せな江戸像"と文化ナショナリズムをめぐって――」『歴史学研究』966

アン・ウォルソール　1999「私の日本研究――経験と今後の課題――」(『国際日本学シンポジウム報告書　第1回　新しい日本学構築』、お茶の水女子大学)

シャモニ・ヴォルフガング　2001「なぜ外国で日本文学を研究するのか」(『国際日本学シンポジウム報告書　第3回　新しい日本学構築III』、お茶の水女子大学)

クリスティアン・オーバーレンダー　2006「ドイツ人の見た日本史」(『ドイツ語圏における日本研究の現状』、法政大学国際日本学研究所)

ジョセフ・キブルツ　2009「グローバリゼーションの渦の中に巻き込まれて――日本文化研究のゆくえ――」(白幡洋三郎・劉建輝編『日本文化研究の過去・現在・未来』、国際日本文化研究センター)

黒田治夫　2007「『新自由主義』イデオロギーとしての『中曽根内閣と臨時行革路線』のイデオロギー検討」『大阪健康福祉短期大学紀要』5

アンドルー・ゴードン　2016「高度成長から『失われた20年』へ」『日本研究』53

清水光明編　2015『「近世化」論と日本――「東アジア」の捉え方をめぐって――』勉誠出版、アジア遊学185号

白幡洋三郎　2009「序」(前掲『日本文化研究の過去・現在・未来』)

ジョン・ダワー　1995「日本を測る――英語圏における日本研究の歴史叙述――」(梅森直之訳、『思想』855・856)

趙寛子　2013「1990年代以降の韓国の日本研究――制度と視線の変化――」(『世界の日本研究2013』、国際日本文化研究センター)

| | |
|---|---|
| クリステワ・ツベタナ | 1994「ブルガリアにおける日本研究」『日本研究』10 |
| 中山茂 | 1994「世界における日本学の成立とそれからの離脱」『日本研究』10 |
| フィリップ・C・ブラウン | 2000「アメリカにおける日本近世史研究の動向」(谷口眞子訳、『日本史研究』453) |
| 星野勉 | 2005「『日本研究』の研究(=メタ・サイエンス)の理論的構築に向けて」『国際日本学』3 |

# 欧米における日本近世史研究

## ――近世日朝関係史との出会い

ロナルド・トビ（イリノイ大学名誉教授）

## 1　第二次世界大戦後の欧米圏における日本近世史研究

英語圏における前近代日本の歴史について、前近代から遺産として受け継いできたどのような前史があるかをまず考えよう。以下に述べるのはサンプルに過ぎず、この他にも重要な研究史があるが、何よりも、エンゲルベルト・ケンペルの『日本誌』[1)]がある。

よく知られているように、ケンペルは、元禄期の2年間、長崎のオランダ商館に医者として勤務し、商館長の江戸参府に随行し江戸へ2回往復した人である。彼は、ヨーロッパに戻ってから、自分の体験と自分なりに日本の歴史と文化をまとめたものを、まずラテン語で書き、次にドイツ語の原稿も作った。しかし、いずれも日の目を見ずに、彼は亡くなった。

その後、イギリスのサー・ハンス・スローンという人がケンペルの遺稿を購入してイギリスへ持っていき、1720年代に、J・G・ショイッヒツアー（イギリス留学中のドイツの医者）という人に英訳を作らせた。その英訳が、1727年に刊行され、ヨーロッパ中に流布したのである。だから、18世紀に流布したフランス語版、イタリア語版、オランダ語版、ドイツ語版は、いずれもこのショイッヒツアーの英訳から訳されたわけである。

「鎖国」との関係で言うと、その付録の一つに「*An Enquiry, whether it be conducive for the good of the Japanese Empire, to keep it shut up, as it now is...*」というショイッヒツアーによる英語のチャプタータイトルがある。18世紀前半らしい、非常に長い約200語のタイトルで、トム・ジョーンズなどの当時のイギリスの小説を読むとチャプタータイトルはかなり長いが、まさにそれである。

そのチャプターを日本語に翻訳する際に、当時の日本の書名や文章のタイトルとしては長すぎるとして、数語のタイトルがふさわしいとされた。だから、「*to keep* [*their country*] *shut up*」というショイッヒツアーの英語を、「国を閉ざす」というフレーズで志筑忠雄が訳したのである。日本が国を閉ざすことの得失について、ケンペルが肯定的に見ていたということもあり、このフレーズを漢文化して「国を閉ざす」＝「鎖国」とし、「鎖国」に論を付けて「鎖国論」として翻訳したのが1801年で、これが「鎖国」という熟語の初見である。これ以前にはそのような熟語はない新造語であり、しかもケンペルの原文にはない熟語であった。このフレーズは、ショイッヒツアーが勝手に挿入したものであり、誤訳によって「鎖国」という言葉ができたと言えよう。

しかし、このケンペルの『日本誌』は、ヨーロッパ全域、また、アメリカにも流布し、18世紀、19世紀を通じて、日本史、日本文化を知るための基本書として各地で愛読された。例えば、1853年(嘉永6年)の来航の準備として、ペリー提督はこのケンペルの『日本誌』を全部読んでいた。だから、これは学問としての近世史研究の原点と考えてよい。

特に幕末になると、訪日欧米人、例えば、英国公使のサー・ラザフォード・オールコックが、『大君の都』を1863年に刊行し、自身の日本体験と日本理解を広めた[2)]のだが、渡日の前に彼もケンペルを読んだことが判る。

また、明治に入ってから、お雇い外国人としてイギリス人チェンバレンが、東京大学に10年以上であろうか、教授として長く勤務し、日本語を幾分かマスターし、「古事記」の英訳をしたり、「Things Japanese」という自分なりの日本文化論を書いた。また、貝原益軒の「女大学」という思想史としての一次史料を英訳した[3)]。同じくお雇い外国人教師として来日したW・E・グリフィスも、日本の歴史書として『ミカドの帝国』を刊行した[4)]。

あるいは、ちょうど20世紀に入る頃、ジェームズ・マードックが日本人の山縣五十雄の研究・協力による日本史を英語で書いて自分の著書として三巻本を刊行した。これは前近代日本史の基本著作として、20世紀前半に広く流布した[5)]。マードックは、日露戦争の直後には『日本というネーションの生い立ち』という本も書いている[6)]。

この人たちは、いずれも歴史家あるいは研究者としての訓練を受けず、今日的に言うと、アマチュアの歴史家として日本のことを英語にしたわけである。しかし、ちょうど同じころから、正式な訓練を受けたと言える歴史家も生まれるようになる。その先駆者として日本人の朝河貫一がアメリカへ渡り、アメリカで歴史学の博士号を取得し、日露戦争についての日本弁護論と言えるものを書いた[7)]。

さらに朝河は歴史家として、ある寺院が持っている荘園の生活について1冊を書き[8)]、また、薩摩国にある入来院という有名な荘園の文書を蒐集し、「入来院家文書」として日本語でのみならず英訳での刊行、つまり史料を直接英訳して提供するという画期的な仕事をした[9)]。

ジョージ・サンソムは、実は大学院を出た歴史家ではないのだが、外交官として日本に赴任し、日本語を急速にマスターした。彼は、もともとは駐日大使館の通訳として雇われていたが、その傍ら「続日本紀」の英訳をしたり、非常に面白い『日本文法史』(1928年)を書いたりしていた。そして1932年には『日本文化小史』を書いた[10)]。時代的には古く、通用しない内容もあるが、日本の文化史を一冊にまとめた本としては、これを超える本はまだ無いだろう。古墳時代については全然当てにならないことが多いなど、もちろん問題はあるが、何かを論じる場合、例えば『徒然草』を論じる場合、自分で『徒然草』を読み、自分で判断をして解説するという、やはり肌で触れているという実感が伝わる非常に優れた本である。

日本近世史の研究で学位を取ったアメリカ人第1号は、コロンビア大学やライデン大学で学んだヒュー・ボートンである。そもそも、クエーカーの派遣で10年間ほど日本に滞在したボートンは、日本から植民地の朝鮮を見て、日本の農民が依然として非常に圧迫され、搾取されているという認識で、江戸期における百姓一揆についての学位論文を書いた[11]。今から見るとやや素朴な研究かもしれないが、支配階層による被支配階層への圧迫と、それに対する被支配階層の抵抗を描いた非常に面白い本である。

ちょうどその頃のアメリカは大不況で、マルクス主義や共産主義に偏向する者が多く、その観点から民主闘争のような捉え方をする歴史家がいた。しかし、ボートンはマルキシズムではなく、クエーカーという宗教の面からそれを批判して、コロンビア大学で学位を取り、同大学での日本史教育を発足させた偉大な人である。

同じ頃、ハーバート・ノーマンは、近世から明治期への移り変わりを捉えるために一冊を著した[12]。また同時に、反体制的な立場を取る思想家安藤昌益の研究もした。ノーマンは日本生まれ、日本育ちの宣教師の子なのだが、ハーバード大学の大学院に入り、そこで共産党員になり、マルクス主義的な立場から日本の被支配階層の抵抗などを解釈していくことになる。

しかし、戦後になると、一遍にではないが立場が変わってくる。まず冷戦が始まり、資本主義体制の英米と共産主義体制のソ連が対立し、そして1949年から米中の対立が始まると、マルクス主義的な歴史段階論と対等に戦える歴史段階論を追求する学者が、特にアメリカにおいて現れた。

実は、戦時中からハーバード大学の社会学の大家であるタルコット・パーソンズ(Talcott Parsons)やそのほかマリオン・レビー(Marion Levy)、後に駐日大使となる歴史学者エドウィン・ライシャワー(E.O. Reischauer)なども加わり、このマルクス主義に対抗し得る、主にマックス・ウェーバー(Max Weber)に基盤を置いて資本主義と融和できる歴史段階論を探ろうではないかと、ハーバード大学でインフォーマルに何回も会談して、我々の言う近代化論を創出した。なお、パーソンズは、1930年に初めてウェーバーの*Die protestantische Ethik und der 'Geist' des Kapitalismus*(邦題『プロテスタンティズムの倫理と資本主義の精神』)を英訳した人である。

戦後になって、特にハーバード大学を中心にライシャワーやパーソンズたちの教え子の中から、日本というフィールドに近代化論を当てはめるという動きが現れる。非白人で非キリスト教、特に非プロテスタント国でありながら近代化を成し遂げた国は日本のほかにないと終戦直後には考えられていた。だから、日本がどのような潜在的な文化・思想・人材的な蓄えにより、明治以降の急速な近代化を成し遂げたのかという問題意識から、近世の日本に近代化・工業化のルーツを求めるという動きが現れたのである。

その後に、近代化論の日本学派、換言すれば日本研究の近代化論派をリードした人が、ジョン・ホールである。彼は1950年に、田沼意次を「近代日本の先駆者」と見る学位論文を書き[13)]、1955年にそれを上梓している。蝦夷地の開発や印旛沼の干拓と農地化など型破りの多様な政策を田沼が提案して着手し、確かに失敗に終わったものの、一応彼が近代化になり得る路線を踏もうとしていたという解釈で、ホールはこの論文を書いた。1940-1950年代の日本研究、特に日本史研究の有り様を考える上では、もう一つ面白いことに、ホールの学位論文は、我々が一次史料と評価し得る史料に基づく論述というよりは、実は辻善之助の田沼意次論を種本にしていると言っても過言ではないものである。辻善之助は、東京大学の国史学科を出て史料編纂所の所員になり、同所長を務め、驚くほど多くの著作を残した。『日本仏教史』の影響は非常に大きく、また、個別研究がかなりあり、『田沼時代』という本も出している。ホールもこれに大きく依拠した。

ジョン・ホールと同世代では、トーマス・スミスという歴史家がいる。ホールは、日本で生まれ育った宣教師の子で、実は、憎たらしいほど日本語が完璧で、日本語のだじゃれを飛ばす(筆者はそこが好きなのだったが)素晴らしい人であった。一方、T・C・スミスは、ホールと違い1938年に大学を出て、ハーバード大学の史学に入り、フランス史を目指した。ちょうどアナール派が発足した頃であり、彼はアナール派の方法論に染まっていた。スミスの日本・日本語との出会いは、戦時中の兵役の時からであり、戦後ハーバード大学へ戻ってから、日本史を専攻するようになり、日本史にアナール派の方法論を持ち込んだと言っても過言ではないだろう。そこで1948年に、幕末から明治期の日本における政治変容と産業開発についての学位論文を書き、それは1965年に出版されている[14]。学位を取得してから、それを上梓するまでの間には、『近代日本の農村的起源』という画期的な著作も書いた[15]。

近世における都市化により、江戸をはじめ各地に城下町や港町ができ、そこには一次産品を作らない商人や職人がいた。彼らは、毎日の食料品、衣料品などを金銭で買わなければならないため、貨幣経済が急速に発達した。それに応じ、農家は金銭を得るために、ただ明日のおかずのためだけではなく、市場に向けての農作物を作るようになった。それによって、現金で購入した肥料や種子、そして賃金労働など、農業のインプットを市場に求めるようになるなど、農村内部の社会構造が急速に変わり、商売としての農家が生まれた。このような農家は、市場に非常に敏感であるとスミスは論じた。また、農業技術を身に付けるために、宮崎安貞著『農業全書』(元禄9年〈1696〉刊)などの農書を購入して読み、最適な種や肥料のことなども学び、農業を次々と改善する。そして明治維新の時には、貨幣経済、市場経済に適した農民が既に全国にいて、明治以降の日本の近代化に貢献し得る民衆が既に備わっていた、ということもスミスは論じている。

ところで、ウェーバー論では世俗的と宗教的な世界を分けて、仕事、利益などを認める、勧めるという思考が、特にカルヴァン主義の地域に生まれ、近代ヨーロッパに繋がると論じていた。このカルヴァン主義に匹敵する日本の宗教を求めた社会学者のロバート・ベラーも、ライシャワーとパーソンズの愛弟子である。1955年にベラーは、石田梅岩が唱えたいわゆる石門心学をカルヴァン主義プロテスタンティズムのアナログとして取り上げ、端的に言えば、石門心学があってこそ日本の近代化があると論じた[16]。この本を丸山眞男が大きく取り上げたことによって、ベラーがさらに脚光を浴びたということもあるが、それは別問題としておく。

あと幾つかの著作があるが、その全てに言及すると筆者自身の研究と繋がらなくなるので、一つだけに留めておきたい。1950年代の終わり頃から、ライシャワー、ジョン・ホール、マリウス・ジャンセン[17]が中心になって、いわゆる「箱根会議」を開催した「近代日本研究会」(The Conference on Modern Japan)が生まれる。彼らは、プリンストン大学出版局(Princeton University Press)から、筆者らが当時プリンストン・シリーズ(Princeton Series)と呼んでいた『日本近代化研究論集』全6巻(*Studies in the Modernization of Japan*)を出した。近代化論の観点から、ジャンセン編(邦題)『日本における近代化の問題』[18]、経済論については、ウィリアム・ロックウッド編(同)『日本経済近代化の百年』[19]、社会論は、ロナルド・ドーア編(同)『近代日本における社会変化の諸相』[20]、政治学はロバート・ウォード編(同)『近代日本における政治展開』[21]、文学論はドナルド・シャイブリー編(同)『日本文化における伝統と近代化』[22]、そしてジェームズ・モーリ編(同)『日本近代化のジレンマ』[23]があり、近代化論者たちの所信表明とも言える非常にインパクトの大きいシリーズであった。

しかし、それに対して反論が生まれないはずもない。その原因の一つは、彼らの近代化論というのは、基本的に、英米の近代化路線イコール唯一の近代化への道であるという暗黙の前提に依拠しており、日本の近代化もそれに近似するものと見做したことにある。つまり、明治維新により一夜にして日本が近代化したというのではなく、我々が十分に認識していなかった準備期間(現在ではそれをプロト工業化と言う)があり、江戸期に準備が整えられ、明治期にその花が咲いたと考えていた。

先述したように、非白人の非キリスト教国の中で、日本が唯一その近代化路線を歩むことができたと考えられていたが、1960年代に入ると、韓国が急速に発展し、また、台湾やシンガポールも近代化めいた発展を見せ始めたため、日本を唯一の近代化に成功した、欧米以外の国として見るのではなく、ワン・オブ・ゼムに過ぎないと見るようになった。そのため、日本モデルの近代化の在り方を第三世界の国々へ持っていって、共産主義的・マルクス主義的な段階論ではなく資本主義的な段階論に基づいて近代化できるという論は、十分な説得力を失ったのである。

近代化論に対する反論のもう一つの原因は、アメリカがベトナム戦争に突入して、かなり早くから泥沼化したことにある。その前には、フランスもベトナムから追い出されていた。フランスのアルジェリア、オランダのインドネシア、あるいはイギリスのインドも、この近代化論からは未開同然に見做される国々であるが、次々と帝国に対して抵抗を示し、勝つわけである。イギリスを下し、フランス・オランダを追い出すというこのような中で、やはり新しい見方が必要になる。しかも、近代化論的な日本の解釈は、既に説得力を失っており、近代化論のキー・タームは「コンセンサス」であるとされた。日本は「コンフリクト(衝突)」ではなく「コンセンサス」の社会、つまり、農村の中で話し合って、皆が同意した方向へ持っていく社会であるとされた。

だから、皮肉にも、徳川時代における農民一揆について研究していたボートンの第一号の博士論文はほとんど無視されていたのだが、1973年に、カリフォルニア大学バークレー校教授アーヴィン・シャイナーが、*The Mindful Peasant*(和訳は難しいが「上の言うことを聞く百姓」と訳しておこう)という論文を出して、農民一揆のディスクール(言説)を分析した[24]。

それに続いて、ジョン・ダワーが、彼は無視されてきたと言うが、実は無視されてはいなかったE・H・ノーマンのマルクス主義的な角度から日本を見る著作を集め、1975年に「近代日本国家の起源」というコレクションを作った。その序文で、ダワーは100枚にも及ぶ近代化論の批判を書いている[25]。

これを受けて1977年に、ホール[26]とジョージ・アキタ[27]が、ノーマンの欠点を羅列するような反論を出し、それに対して、マルクス主義的な立場からハーバート・ビックス[28]が、その反論に反論するなどして、前近代日本、特に近世日本におけるコンフリクトに焦点を当てる研究が盛んになった。ちょうどその頃、筆者は大学院に入って日本研究を目指したのである。

## 2　近世日朝関係史との出会いとその後

筆者は1962年から東アジア学、1963年から日本史、同年夏から日本語を学び始めた。大学卒業後、1965年−1967年の2年間は、留学生として東京外国語大学と早稲田大学で主に語学研修に専念した。1965年は日韓国交正常化を旨とした「日韓基本条約」が締結された年で、その結果の一つとして、多くの韓国人留学生も同じコースに加わっていた。その韓国人留学生との交友から、日本の植民地支配を生き抜いた彼らの父母や祖父母の経験、つまり日本と韓国の間の負の遺産の話を聞くことができ、双方の関係史に興味を持ち始めるようになった。そして1966年夏の初めての韓国旅行が、その関心をさらに深めることとなった。わずか2週間の旅行であったが、植民地支配だけでなく、豊臣秀吉が仕掛けた「壬辰倭乱」(文禄・慶長の役)も、韓国人にとって今でも辛い「歴史的記憶」であるという事実に直面した。その経験から、ジャパンとコリア双方の関係を探ることを、筆者の「日本史」の課題としたのである。この二ヵ国が互いに疑い、互いに軽んじる理由を、筆者なりに解明したかったからである。そして1969年に大学院に入学した。筆者が研究人生を歩み始めた時期は、ちょうど近代化論による日本史に対して異議が唱えられ始めた時期でもあった。ベトナム戦争の最中、単線的な歴史段階論が説得力を失い、ネオ・マルクス主義的な論調が再浮上してきた頃である。

最初は、植民地における「皇民化」・「同化」教育を取り上げたが、その教育方針の根底にある日本人の朝鮮観が問題となり、その朝鮮観のルーツを掘り起こしたくなったのである。そこから遡って、日本が朝鮮支配を目指した方針、その前段階の「征韓論」、さらにその前提となるべき江戸期の対朝鮮関係というように徐々に時代を遡って、いつの間にか「壬辰倭乱」に辿り着いた。そこでUターンして、「壬辰倭乱」後の戦後処理へと課題を変え、江戸期・朝鮮後期の両国関係史を研究することにした。

日朝外交、特にいわゆる「朝鮮通信使」、及びそれと並行した「琉球使節」が、日本にとって、幕府にとって果たした役割を見ていくうちに、寛永「鎖国」をフレームワークとする近世史の定説を疑うようになった。「鎖国」歴史観では、国を閉ざし、長崎でオランダ・中国との貿易のみを許し、その他の外国との関係を拒否するのが幕府の基本姿勢であり、例外として朝鮮・琉球

図1　羽川藤永筆「朝鮮人来朝図」、寛延元年頃、紙本着色、神戸市立博物館蔵　『特別展　朝鮮通信使——出世200年の日韓文化交流』(東京国立博物館、1985年)

と特殊な関係を保ったことになっていた。しかし、「南蛮」・オランダなどとの関係から全体を見るのではなく、朝鮮・琉球・明や清との関係を基本に全体を見てみると、システム全体が変わって見えてきた[29]。

学位論文は1984年に単行本として出版した[30]。その翌年は、日韓基本条約30周年を記念して東京国立博物館が朝鮮通信使の特別展を開催し[31]、翌年には韓国中央博物館も同様の特別展を開催した[32]。それがきっかけで朝鮮通信使ブームが起こり、大阪・岐阜・和歌山・下関・長府などでも同様に、朝鮮通信使をテーマとした企画展示が次々と開催された。文献史料だけでなく、近世の絵画・版画、ガイドブック、絵馬といった朝鮮通信使を題材にした視覚資料が多く残されていること、江戸をはじめ各地の祭礼行事に通信使そのもの、あるいは通信使の装束や行列を再現した神事や練り物が多く行われ、今現在も民俗芸能として残っていることも明らかになったのである[33]。

そこで、朝鮮通信使や琉球使節を、ただの外交使節団、あるいは文化交流の場として見るのではなく、近世日本文化、日本人の異国観・異国人観、つまり自他認識を探ることも可能にするものではないか、と思うようになった。以来、この視角から、江戸期の祭礼における朝鮮通信使、その他の「唐人」芸能、文学作品、戯曲、絵画・版画において、朝鮮・琉球・中国(総じて「唐人」)の人々がいかに理解され、いかに表象されたか、そしてそれらの表象文化が何を意味するかという点に関心を移し、研究を重ねてきた。

それまでは、例えば羽川藤永筆「朝鮮人来朝図」(寛延元〈1748〉年頃、神戸市立博物館蔵)(図1)を、朝鮮通信使の江戸行列を正確に描いているかのように、著書に「江戸の町人たちが、朝鮮通信使の江戸入り行列を見物」というキャプションを付け、専らニュース写真同様に扱ってきた。しかし、今やこれら多くの明るみに出た「通信使図」を丁寧に見ると、装束や旗幟などが当時の朝鮮のものとは似て非なるものであることが一目瞭然となったのである。

それ以来、通信使や琉球使節、その他の異国人を描いた絵画史料や民俗芸能資料、さらに漢詩、狂歌、川柳、浄瑠璃・歌舞伎などフィクションも含め、あらゆるジャンルに登場するアジア諸国の人々を題材にした表象文化の産物を通して、江戸期の日本における「他者像」と「自己像」をメインの対象として研究を進め、現在に至っている。次章では、その成果を簡単に紹介したい。

## 3 絵画史料にみる朝鮮通信使

江戸幕府が東アジア諸国との関係をつくり上げたプロセスとその内容について、筆者は学位論文を書いた。その中で、朝鮮王朝からの使節(筆者は「朝鮮通信使」と言うよりは、遣唐使や遣明使と同様に、「遣日使節」と言いたいのだが、日本では「朝鮮通信使」と呼んでいるので、それを使用する)、すなわち朝鮮通信使は、日本の幕府、日本の国家にとって、いかなる政治的、経済的、あるいはプロパガンダ的な意義があったのかということを問うた。先述したように、最初の著書『近世日本の国家形成と外交』(邦題)として刊行されている[34]。

その著書の中で、この有名な「朝鮮人来朝図」という1枚の絵を図版として挿入し、そのキャプションとして「日本橋本町通から、十軒店へ曲がって浅草本願寺へ向う朝鮮通信使の行列を見物する江戸の庶民」という説明を付けた(浅草本願寺は通信使の宿舎である)(図1)。つまり、共同通信や時事通信が交差点にカメラマンを出して、通行する朝鮮通信使の写真を撮影して、ニュース写真として使用するのと同然であると理解したのだ。

しかし、この「朝鮮人来朝図」のほかに異本が十数点もがあり、それぞれに全く異なる特徴があることが後に判明した。図1は以前から教科書に掲載されている絵で、図2は、ごく最近、まだ世に出て10年も経っていないと思

図2　無款「無題」、岡山市林原美術館蔵　『朝鮮通信使と岡山』(岡山県立博物館、2008年)

うが、林原美術館所蔵の同じ構図で少し違う描き様の朝鮮通信使行列の絵である。さらに、天理図書館には二例あり(図3・4)、図3を天理A本と呼んでいる。

これらを詳しく見ると、微妙な違いも、あるいは極端な違いもあることが判る。林原本を見ると、朝鮮人を朝鮮人らしく描いている。使者には髭があり、また、道を清めるという意味で王権行列の先頭を切る清道旗も描かれている。清道旗の後ろには、形名旗と言う昇龍と降龍の対の旗があり、続いて将軍宛ての朝鮮国王書簡を入れた国書輿が描かれる。これが行列の心臓部であり、国王を具現したものとして、特に通信使の人たちから崇拝されている。

その後ろに続く使者の朝鮮人は、ほとんど髭があり、帽子をかぶっている。日本人は皆、髭が無く、月代をしており、頭を露わにしている。このような極端な違いは明白である。難航しているが、筆者は現在これらの絵図の系統を整理しようとしていて、図2が原画ではないかと考えている。遠近法を生かした初期の浮世絵画として重要であろう。これをよく見ると、行列の中で朝鮮人が長いキセルを咥えている。実は、朝鮮人は長いキセルを咥える(図5A・B、図2の部分拡大)というのが、日本人の持つイメージの一つであり、朝鮮人たちは使者も含め皆髭面で、帽子をかぶった姿で描かれるのも、実の朝鮮人のつもりで描かれていることを示す。

それに対して羽川藤永筆の使者は髭面ではなく、白粉の稚児として描かれている(図6A、図1の部分拡大)。そして、手首にはフリル(ひだ飾り)を付けているが(図6A・6B)、当時の朝鮮装束には全く無いものである。しかし、平安時代以来、異人、異界の人間を示す記号としてフリルを付けるのが絵画美術の約束事であった。例えば、1069年に描かれた「聖徳太子絵伝」には、百済・新羅の使者が太子の前に現れて、土下座をして挨拶する場面がある。その二人の使者は、肩口にフリルを付けており、日本人ではないということを示している。また、蝦夷(エミシ)の使者も別のところに描かれており、同様にフリルを付けて異人であることが示されている。

図3　無款「無題」、天理図書館蔵　『朝鮮通信使と江戸時代の人々——天理ギャラリー第83回展』(天理大学附属天理図書館、1989年)

図4　無款「無題」、天理図書館蔵　前掲『朝鮮通信使と江戸時代の人々』

異人の表象としてフリルを付けた通信使が描かれた版画が図7(東京国立博物館所蔵)である。描かれた朝鮮人の多くは、肘と肩口にフリルを付けた髭面であることがよく判る。同じ羽川藤永が描いたものをベースにして版画にしたもので、「羽川藤永道信書」の落款が版木に掘ってある。そして、本来は形名旗の前に清道旗が来るはずの先頭の旗が逆になっており、それが旗ではなく幟を掲げていることも、実際の朝鮮人行列には無いことである。これは、実は朝鮮人行列を真似た祭礼のパフォーマンスとしてよくあることで、つまり山王社(又は神田明神)の祭礼行列の中の朝鮮人行列を描いたものであろう。

図5A　図2部分

図5B　図2部分

図6A　図1部分

図6B　図1部分

図7　羽川藤永筆「朝鮮人浮絵」、横大々判、東京国立博物館蔵、前掲『特別展観　朝鮮通信使――近世200年の日韓文化交流』

近世の祭礼唐人行列に実際に使用された「清道旗」の一つは、上野国(群馬県)小幡城下で実際に祭礼で使用されたものが東京国立博物館に現存している。長さ約7～8尺の非常に大きいもので、やはり幟になるようにループが付いている。その箱書きの説明によると、本当は、明和年間に火災で駄目になったものを復元したもので、安永3年(1774)に作ったものであるという。このように、祭礼の唐人行列、朝鮮人行列で、日本人がイメージする朝鮮・朝鮮人・非日本人を表現するわけである。

そこで、最初に図版に使った羽川藤永の肉筆画は、ニュース写真ではなく、しかも朝鮮通信使そのものでもなく、祭りの道中であるということに気付き、では、その日本人が表象文化の中でどのように朝鮮人・琉球人・中国人を表現するか、何をもって日本人と異人、つまり自他の差異を明らかにするかということを考え始めた。以来30年以上であろうか、それに没頭している。

なお、遠近法はヨーロッパの技法で、日本に導入されたものである。だから「朝鮮人来朝図」の遠近法そのものも、異界あるいは異国を示す記号の一つであろう。そして、この羽川藤永の絵は、1748年前後に朝鮮通信使が江戸を去った直後に描かれたのではないか。箱書きによると、徳川御三卿の田安家の当主が注文しており、しかも4、5歳ぐらいの息子の玩具として描かせたものであるらしい。その先行作品として幾つか候補を見つけると、同じ1740年代の1枚の版画に、本町から一つ南へ行った駿河町(現在の三越のあたり)を描いた「元旦の富士」(図8)がある。非常に素朴で遠近法として成り立たない中で、富士山を焦点にしている。

同じ頃の奥村正信筆と伝わる浮絵(図9)には、素朴な未完成の遠近法を使って、下町か遊郭の祭礼が描かれている。この絵の中で、唐人装束の国姓爺和藤内を演じる子ども(あるいは人形か)が山車の上にいて、太鼓をたたいている。そして、清道旗(あるいは幟か)を立てた朝鮮人仮装行列が練り歩く。つまり、このような行列が既に下町のちっぽけな祭礼のパフォーマンスとして成立していることを示している。なお、遠景に描かれているのは上野東照宮の脇にある五重塔であろう。

図8　鳥居清広「元旦の富士」、東京国立博物館蔵松方コレクション　『浮世絵』(東京国立博物館、1984年)

図9　伝奥村政信筆「無題」(下町または遊郭の祭礼行列)神奈川県立博物館蔵　『神奈川芸術祭　浮世絵五〇〇選』(神奈川県立博物館、1991年)

「吉原大門口」(図10)も、富士山を遠景に一種の焦点として使用した同様の構図である。このことを考えて神戸本系統の来朝図を一覧すると、富士山が若干左寄りに描かれていること、焦点の大体の位置が同じで、さらに髭の無い使者の描き方やひだ飾りを付けた朝鮮人が多いなどの共通の特徴が挙げられる(図11)。つまり、いずれも通信使そのものではなく、通信使を演じる日本人による祭礼の仮装行列と考えたほうがいい。しかし、林原本(図2・12)となると違う。まず、朝鮮人の装束はフリルが無く、服の模様は実際の朝鮮の装束にあるらしい。つまり、本物を見た経験のある絵師が、本当の朝鮮人を描いているものと考えられる。

林原本は、遠近法も一応成立しているものの、通り左右の屋根の高さが違うことから、何かの意図を表していると思われる。描かれている行列の特徴(朝鮮人の装束や、髭などの身体、そして行列の個々の事物の順番)などを考えると、「実」の朝鮮人行列を描いていることは間違いない(図2)。

さらに、第3系統として天理A本(図3)の系統がある。天理A本の系統は、まず、行列の内容が、フリルも無く、無髭の朝鮮人もいない。つまり、本当の朝鮮人を描く工夫がされている。天理A本系の図13は、落款があり、神戸本と全く同じ名前で「羽川藤永筆」と書いてあるが、技法、表現、落款の筆致が、神戸本のそれと全く違うものがあり、同一人物が描いた絵でもなければ、落款を施したのも同一人物ではあり得ないと思われる。そして、もう一つ面白いことに、描かれた富士山が左から右へ動いている。

「浮絵御祭礼唐人行列」(図14)の前景の角から行列を見る人々の姿勢は、林原本をベースにして描いたのではないか。祭礼となると、一軒一軒の前に水の桶を置いて、埃を抑えるために水を撒くことが普通だったが、1748年、延享度の通信使が来る時に、幕府は一軒一軒の前の

図10　鳥居清忠「吉原大門口」、横大判、延享2年(1745)頃、シカゴ美術館蔵、岸文和『江戸の遠近法 浮世の視覚』(勁草書房、1994年)

図11　図1部分　おしろいの面とフリルの姿は祭りの唐人を示す。

図12　図2部分、髭面にフリルのない服装は、実際の朝鮮人を描いたもの。

図13　伝羽川藤永筆「朝鮮人来朝図」、紙本着色、個人蔵（集雅堂美術、大阪蔵）

図14　西村重長筆「浮絵御祭礼唐人行列」東京国立博物館蔵松方コレクション　『こころの交流　朝鮮通信使』（京都文化博物館・京都新聞社、2001年）

桶は無用として、5斗も入る大きな樽を角に置いて済ますようになる。神戸本には、その「本町二丁目」と書いてある大きな樽が描かれている。

鳥居清信筆の（図15、カッパ摺り、ボストン美術館所蔵）を見ると、形名旗が幟になっているのも、清道旗より先にきているのも、祭礼らしいが、髭も、国書も、全部本当の朝鮮通信使に似ている。装束は完全に当時の朝鮮の装束にあるものである。

図16は、恐らく正徳から享保の初め頃、1711年から1719年の間に描かれた「賄い唐人」という絵で、作者の英一蝶は朝鮮人や唐人の絵をたくさん書いている。通信使が来ると300名から500名の朝鮮人が来日して、幕府はトップの数人だけに御馳走として宴会を催すが、下っ端の朝鮮人には、一人当たり米何升、醤油何合、油幾らなどと支給する。それとおかずを沿道で物々交換するのが賄方である。そういう姿の賄い唐人がどれだけ実在したかは疑問が残る所だが、祭りの唐人パフォーマンスに早くから定着したキャラクターであり、この様に画題にもなったのである。

朝鮮通信使の行列に、天秤ばかりを手に持ったり、膝の上に帳簿を置いたり、算盤を持ったり、あるいはウサギやニワトリなど肉食用の動物を持って行くという、このような人たちが加わるというのは実際には無い。しかし、朝鮮から来た人たちは肉料理を好むので、やはり朝鮮人が肉を食う、我々は肉を食わないという、肉食と非肉食の対比も表現された。

面白いことに、一蝶が死んで50年近く後にできた「一蝶画譜」の中に「賄唐人」という絵がある(図17)。しかし、その絵と元の肉筆画は、構造や表現が全く違っている。どのようにしてこの表現に辿り着いたのだろうか。一蝶の没後、20年くらい、別の絵師が一蝶のテーマを採って、向きや描き方を変えた絵を描いていた(図18)。それを1765年の絵暦として模写あるいは拝借した小松軒という浮世絵作者(本当は煙草屋)が作った年賀状のような刷り物(図19)がある。見比べてみると「一蝶画譜」に描かれている「賄唐人」(図17)は一蝶の肉筆画ではなく、むしろ1765年のこの絵暦から、ほとんど直接的に採っていると考えられる(図19)。

図15　鳥居清信II「無題」唐人行列図、カッパ刷り、ボストン美術館蔵

図16　英一蝶筆「賄い唐人図」たばこと塩の博物館蔵

図17　『一蝶画譜』所収「賄唐人」国立国会図書館デジタルコレクション

図19　小松軒筆「絵暦賄い唐人」明和元年作の、同二年の暦。大の月は、唐人の帳簿に、小の月は馬子のハッピに記されている。シカゴ美術館蔵

図18　宮川長春筆「無題」(賄い唐人図)、佐賀県立名護屋城博物館蔵

図20　図1部分

そして、この賄い唐人が、祭礼のパフォーマンスに取り入れられるのである。図21は寛政年間の神田明神祭で、賄い唐人が算盤も帳簿も持たないが、酔っ払っているふりをして、祭礼の唐人行列に入って行くシーンである。拡大するとニワトリも見える。また、葛飾北斎が『東都勝景一覧』上巻の最後の絵として山王祭をテーマに賄い唐人を描いている(図22)。天秤で何かを量っており、ニワトリの尾羽や朝鮮人参の役を代演する大根が描かれる。大根で朝鮮人参を売り捌いているふりをするわけである。図23A・Bもそれぞれ別の絵画史料に描かれた賄い唐人である。図23Aでは生きた鳥の羽を毟り取って、血だらけの鳥を咥えるポーズをしているが、もちろん実際にはあり得ない。祭りの晴れの場で血を流すわけにはいかないので、モドキであろう。

もう一つのキャラクターに「唐人飴売り」があり、これも英一蝶が一番最初に描いてい

図21 「神田明神祭礼絵巻」部分、賄い唐人、寛政期、龍ケ崎市歴史民俗資料館蔵　黒田日出男、ロナルド・トビ「新発見の天下祭り絵巻——龍ケ崎市歴史民俗資料館所蔵『神田明神祭礼絵巻』の紹介——」(『龍ケ崎市史研究』第6号、1992年)

図22 葛飾北斎『東都勝景一覧』上巻、「山王祭り」、シカゴ美術館蔵

図23A　「土浦御祭礼之図」（土浦市指定文化財）「賄い唐人」部分、土浦市立博物館蔵

図23B　江野梅雪「氷川祭礼絵巻」（川越氷川神社蔵）賄い唐人、文化九年、川越市立博物館蔵

図24　英一蝶筆「飴売図」ボストン美術館蔵、整理番号11.4222

る（図24）。覗き絡繰りの箱の上に置かれた絡繰り人形が、唐人装束を着て動いている。そして、唐人飴売りの呼び声として、チャルメラを吹く（図25）。チャルメラも異国を表象する楽器として使われる（明治期になると、いわゆる「支那そば」の屋台はチャルメラを吹いて客寄せをしていた）。フリルや作り髭を付けているが、履物が草鞋なので中身は日本人、外見は唐人ということになる。

飴売り唐人が渡し船に乗ったり、乗ろうとしている絵もかなりある。また、文学作品でもわかるように、「唐人飴売り」はあちこちにいたのである。文化3年（1806）刊の『旧観帖』（図26）には、「向ふより今のはやりの唐人すがたの菓子うり二人きたり、たちどまりて日がさを持、かた手にあふぎ(扇)をひらき、「〽コリヤ〳〵〳〵、来たハいな、これハ九州長崎の丸山名物ヂヤガラカ糖お子さまがたのお目ざまし……」とある。「ヂヤガラカ」はジャカルタのことである。調べてみると、各地にこのような「唐人飴売り」を見つけることができる。図27は雑司ヶ谷鬼子母神堂の絵図で、境内に「あめや」と記されている(図28、図27の部分拡大)。絵図の説明には「門前両側に酒肉店多し、飴をもて此地の産とし、川口屋と称するものを本元とす。其家号を称ふるもの今多し」とある。つまり、江戸各地に「川口屋」と称する店ができたのである。なお、鬼子母神堂境内の川口屋は、現在も「上川口屋」として営業している(写真1)。

川口屋の唐人飴の袋やビラは現在も残されている。唐人姿の売り子が描かれ、中国の漢の時代の「漢」を使った「三漢飴」とも、あるいは国姓爺和藤内が「三官」と呼ばれていたことか

図25 『一蝶画譜』「あめ売」部分 覗きからくりとチャルメラが描かれる。国立国会図書館デジタルコレクション

写真1 現在も雑司ヶ谷鬼子母神境内に、経営を続ける「上川口屋」。但し今や三官飴ではなく、駄菓子屋を営んでいる。

図26　感和亭鬼武「旧観帖」二編上　橋袂の飴売唐人二人　国立国会図書館デジタルコレクション

図28　図27部分、「あめや」国立国会図書館デジタルコレクション

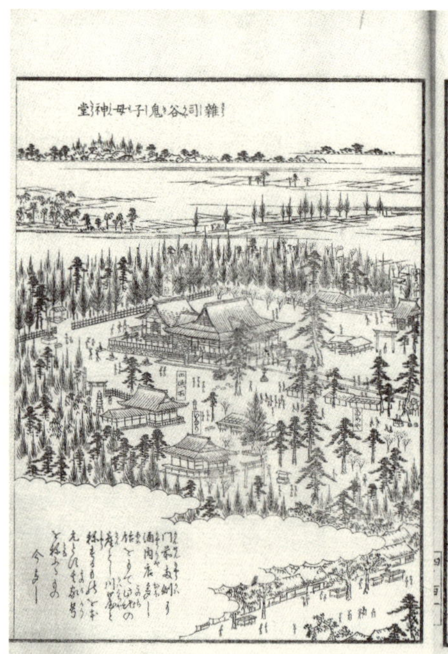

図27　『江戸名所図会』所収鬼子母神境内図全図　国立国会図書館デジタルコレクション

ら「三官飴」とも書かれる。また、「本唐飴」の「唐」は、砂糖の「糖」ではなく、中国の「唐」が使われている。「名物大明三韓飴」という文字は、小倉の様子を描いた五雲亭貞秀の版画にも見られる(図29)。「三官飴」・「唐人飴」を商う者は日本各地にいたのである。図30は、十返舎一九の手描きの絵(図30A)と、それの版本(図30B)に描かれる唐人姿の行商飴売りである。このほか鳥居清長の挿絵にも「三官飴」とある(「大谷広次の飴売国性爺」ボストン美術館蔵)。確かに「唐人飴売り」はあちこちに見られるのである。

朝鮮通信使を政治的・外交的に取り上げるという出発点から筆者の研究は始まった。しかし、日本がありのままの朝鮮と外交を行っていたのではなく、朝鮮が日本人の想像する朝鮮となっていることに気付いた。さらに、紹介してきたような絵画史料及び民俗芸能資料の膨大な量を知り、研究方針を「対外関係史」から、表象文化における朝鮮人

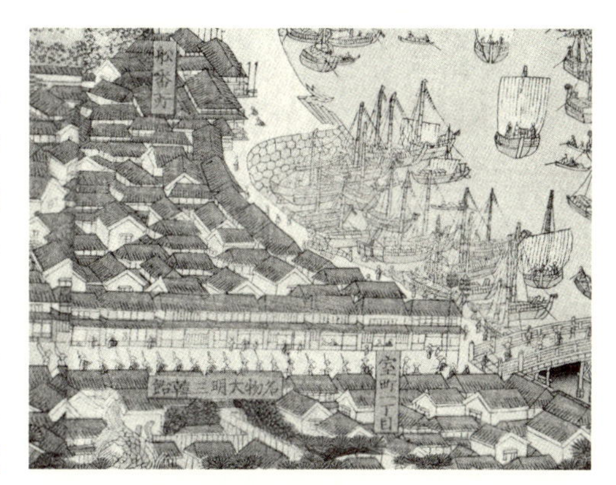

図29　五雲亭貞秀「西国内海名所一覧」部分、天平堂蔵

図30A　十返舎一九「金草鞋」写本所収飴売り、国立国会図書館デジタルコレクション

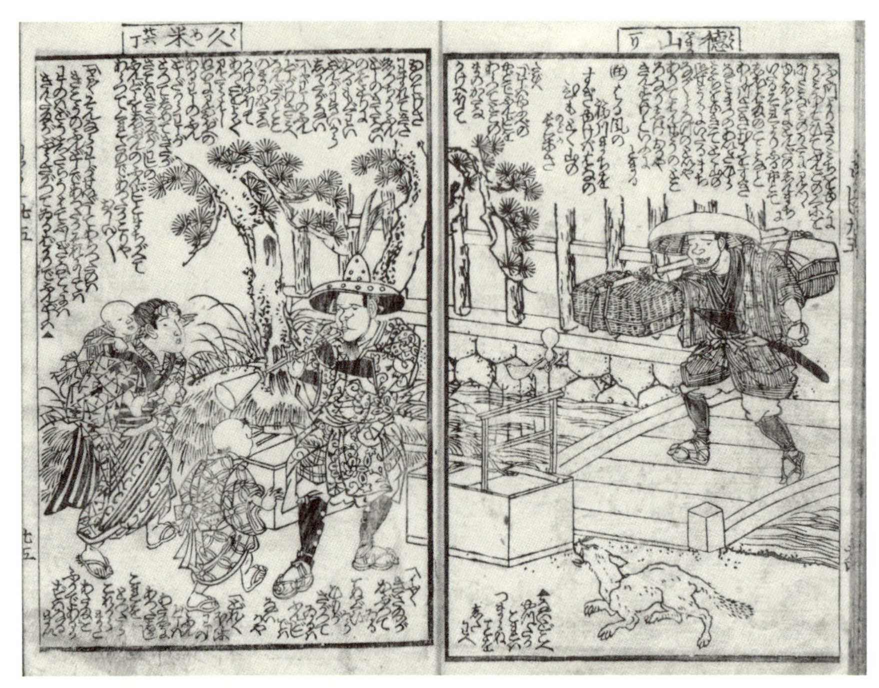

図30B　十返舎一九『金草鞋』所収飴売り、天保5年(1834)、国立国会図書館デジタルコレクション

その他の異国人を想像する他者像と、その対象として創出される自己認識の「文化史」に方向転換したのである。そして、日本と朝鮮の違いがどのように表現されているかという研究を続けてきたのである。

注

1)　E.Kaempfer, *A History of Japan*, London, 1727. 原文のラテン語・ドイツ語を英訳したものであり、この英訳を底本として他国語版が作られた。1801年の志筑忠雄による「鎖国論」は、この内のオランダ語版を底本としている。

2)　R.Alcock, *In the Capital of the Tycoon*, London, 1863.

3)　B.H.Chamberlain訳, *The Way of Contentment: The Greater Learning for Women*, London, 1905.

4)　William Elliot Griffis, *The Mikado's Empire: A History of Japan from the Mythological*

*Age to the Meiji Era*, New York, 1876.

5） James Murdoch, *A History of Japan*, Kobe, 1903-1910. 全三巻

6） James Murdoch, *The Japanese Nation in Evolution: Steps in the Progress of a Great People*. London, 1907.

7） Asakawa Kan'ichi, *The Russo-Japanese Conflict: Its Causes and Issues*, New York, 1904.

8） Asakawa Kan'ichi, *The Life of a Monastic Shō in Medieval Japan*, Washington, D.C., 1919.

9） Asakawa Kan'ichi, *The Documents of Iriki: Illustrative of the Development of the Feudal Institutions of Japan*, New Haven, 1929.

10） G.B.Sansom, *Japan: A Short Cultural History*, London, 1932.

11） Hugh Borton, *Peasant Uprisings in Japan of the Tokugawa Period*, Tokyo, 1938.

12） E. Herbert Norman, *Japan's Emergence as a Modern State:* New York, 1940. 邦題『日本における近代国家の成立』.

13） John W. Hall, *Modern Trends in Tokugawa Japan: The Life and Policies of Tanuma Okitsugu*,（ハーバード学位論文、1950年）後に *Tanuma Okitsugu,1719-1788, Forerunner of Modern Japan*, Harvard University Press, 1955.

14） Thomas C. Smith, *Government Enterprise and the Initial Phase of Japanese Industrialization:1850-1880*,（ハーバード学位論文、1948年）後に *Political Change and Industrial Development in Japan: Government Enterprise*, 1965.

15） Thomas C. Smith, *Agrarian Origins of Modern Japan*, 1960.

16） Robert Bellah, *Tokugawa Society and Religion*,（ハーバード学位論文、1955年）2年後、*Tokugawa Religion*, Free Press, 1957. 邦題『徳川時代の宗教』

17） Marius B. Jansen, *The Japanese and the Chinese Revolutionary Movement,1895-1915*, 1950. 後に *The Japanese and Sun Yat-sen*, Harvard University Press, 1954.

18） Marius B. Jansen, ed. *Changing Japanese Attitudes toward Modernization*, 1965.

19） William W. Lockwood, ed. *The State and Economic Enterprise in Japan: The Political Economy of Growth*, 1965.

20） R.P. Dore, ed. *Aspects of Social Change in Modern Japan*, 1967.

21） Robert E. Ward, ed. *Political Development in Modern Japan*, 1968.

22） Donald Shively, ed. *Tradition and Modernization in Japanese Culture*, 1971.

23） James W. Morley, ed. *Dilemmas of Growth in Prewar Japan*, 1971.

24） Irwin Scheiner, "The Mindful Peasant: Sketches for a Study of Rebellion", in *Journal of Asian Studies*, 32.4 1973.

25） John W. Dower, ed. *Origins of the Modern Japanese State: Selected Writings of E.H.Norman*, 1975.

26) John W. Hall, "E.H. Norman on Tokugawa Japan", in *Journal of Japanese Studies*, 3.2 1977.

27) George Akita, "An Examination of E.H. Norman's Writings", in *Journal of Japanese Studies*, 3.2 1977.

28) Herbert P. Bix, "The Pitfalls of Scholastic Criticism: A Reply to Norman's Critics", in *Journal of Japanese Studies*, 4.2 1978.

29) 詳しくは、拙著*State and Diplomacy in Early Modern Japan: Asia in the Development of the Tokugawa Bakufu*, Princeton University Press, 1984. 後に速水融他訳『近世日本の国家形成と外交』(創文社、1990年)参照。

30) 注29参照。

31) 『特別展観 朝鮮通信使――近世200年の日韓文化交流』(東京国立博物館、1985年)。

32) 韓国国立中央博物館編著『朝鮮時代通信使』(ソウル、三和出版社、1986年)。

33) 江戸は、山王祭、神田祭の両「天下祭」の他に、江戸の多くの神社祭礼にも、朝鮮通信使の外見に倣った練り物があり、川越、土浦、美濃大垣、伊勢の津八幡、岡山東照宮など、地方にも散在していたことがわかってきた。これらの祭礼芸能は、朝鮮通信使行列の徽章や装束を真似たところが多かったが、必ずしも朝鮮通信使のストーリーを語ったとは限らない。例えば、川越氷川神社の祭りでは、享保ごろから喜多町の子供たちが、浦島太郎と乙姫の婚礼行列を、朝鮮通信使の装束や旗などを模した形で演じていた(「氷川神社祭礼行列絵巻」〈無款、正徳～享保期(1711-1735年)、ニューヨーク市立図書館スペンサー・コレクション蔵〉、伝江野楳雪筆「氷川祭礼絵巻」〈文政9(1826)年、川越市立博物館蔵〉など)。江戸の神社については、国立国会図書館蔵『江戸御祭礼番附』では、江戸市中の多くの神社祭礼に、通信使を模した練り物が記録されている。

34) 注29参照。

# フランスにおける日本研究の150年の歩みとその現状
## ——日本史を中心に

ギヨーム・カレ（フランス国立社会科学高等研究院）

## 1　フランスにおける日本史の研究の展開

フランスにおける日本学の正式な出発は、パリの東洋語学校で初めて日本語の教授のポストが創設された1868年に遡る。フランスの最初の日本語の授業は福沢諭吉の知人であったレオン・ド・ロニー（Léon de Rosny）が担当したが、彼は一度も日本に行かずに、手に入ったあらゆる資料を駆使し、幕府の使節団との交流などから独学で日本語を学んだ人だった[1]。その際、彼の優れた中国語の能力が助けになったようだが、中国には旅行もしたことがないという。これは、パリの東洋語学校で中国語を勉強した19世紀フランスの典型的な東洋学者（orientaliste）と言える。しかしロニーは学会に大きな影響を与えた学者というより、日本びいき、日本マニアという面があった。たとえば、彼は当時の授業をまとめた『日本文明（LA CIVILISATION JAPONAISE）』[2]という著作を出版する一方で、日本を舞台にした『青龍寺（LE COUVENT DU DRAGON VERT）』[3]という喜劇を創作しているのである。

ちょうど19世紀末からジャポニスムという日本美術の流行を契機に、フランスと日本の間の文化交流は間断なく現在まで続いてきた。ところが、ロニー自身の例で分かるように、当時のフランスにおいて日本学が自立した学問として存在したとは決して言えない。最初の日本研究は、むしろ中国学の枝道、一種の副産物か補助学問としてみなされたのである。19世紀のカトリックの伝道活動や植民地支配の進展と関連して発展してきた中国学は、サンスクリット学(Etude Sanskrites)と共に20世紀半ばまで、フランスの東洋学の二本の支柱を形成したと言える。当時のフランスでは、言語学を除いて、日本研究だけで学問的な地位を確保するのが難しかったのである。それに、日本研究はすでに学問として認められた分野に強く規定され、宗教学(主に仏教学)、美術史及び若干の古典文学が主な研究対象だった。また、方法論としては文献学が主流だった。このような学問分野を専攻するために、日本の歴史に対する知識をある程度身につける必要があったことは言うまでもないが、それでも20世紀前半のフランスでは日本史研究者という専門学者の存在を見出すことは出来ない[4)]。

その一方で、フランスのみならず、西洋における日本学の形成に大きな影響を及ぼしたもうひとつの条件があった。日本学の先駆者として1930年代にパリのソルボンヌ大学で、1930-1950年代にはハーバード大学で日本文化を教えたセルジュ・エリセエフ(Serge Elisséeff)は、元々1912年に東京大学文学部を卒業した最初の留学生だった。つまり、西洋においては、日本学は日本で学ぶというスタイルが先行したのである。20世紀初頭から日本はすでに、日本列島が日本文化の研究の中心になることを可能にする学問や教育の枠組みを整えていた。早期の教育制度の近代化、相対的な政治状況の安定、経済の繁栄などにより、日本は早い段階で日本研究の最先端に立つことができたと言える。

このような状況は、西洋文明圏に属していない国家としてかなり珍しい。たとえば、中国の場合、19世紀半ばから150年近くにも及んだ社会・政治動乱や戦争などにより、フランス・アメリカあるいは日本でもそれぞれの中国研究の学派が現れてから、中国人による中国学の立場が弱くなり、20世紀末まで多くの分野で中国研究が中国人以外の研究者にリードされたのが事実である。ましてや植民地化された国々は、自身で近代的な教育・研究体制を確立すべくもなかった。しかし、日本の場合は早い段階から日本史研究が日本人の学者たちによって形成され、論じられた。その結果、1920年代から研究や仕事のためにフランスに滞在した日本人が、学会などを通じてフランスにおける日本史の知識の拡大に重要な役割を果たしたようである。

1930年代に入ると、人類学者でもあり言語学者でもあったシャルル・アゲノエル(Charles Hagenauer)による北海道や沖縄の現地調査などからフランスの社会科学としての日本研究が本格的に始まった[5)]。フランス人による日本史研究の最初の業績は、フレデリック・ジュオン・デ・ロングレー(Frédéric Joüon des Longrais)という人物が成し遂げた。彼は元々フランスの中世史、特に法律史が専門だったが、ちょうど1930年代は日本でも中世史が発展した時代だったので、ジュオン・デ・ロングレーはアジアに旅行した後、現地でそれを勉強することを決意したのである。その後、アジア・太平洋戦争が始まると日本に留まり、戦中に日本史の知識を深め、中世史、とくに院政を専攻し、戦後、1970年代までフランス語で日本史に関する精緻な学術論文や本を出した[6)]。

ジュオン・デ・ロングレーの時代からフランスにおける日本史研究は間断なく続けられてきたが、筆者以外にジュオン・デ・ロングレーの記憶が残っているフランス人は何十人に過ぎないと考えられる。実際、彼の研究業績や名前まで今のフランスの学会ではまったく忘れられてしまっている。そのような嘆かわしい運命は、依然として克服できないフランスにおける日本研究の問題を痛烈に感じさせる。その問題とは研究の伝統を継承し維持することの難しさだが、この継続性の欠如こそフランスの日本史研究を影響力のある学問として自立しにくくする要因なのである。

次いで、1970年代からのフランスにおける日本史研究の現状を簡単に紹介する。1970年代から始める理由は、その時期がフランスの大学と研究機関での日本学の定着と発展にとって大きな転換期になったからである。それまで、日本語は「珍しい言語」としてパリの東洋語学校のような専門機関でしか教育しておらず、学生達も数十人程度にすぎなかった。しかし、1970年代に入ってから、パリ第7大学、リヨン第3大学、その後1990年代までにリール、ボルドーなどの地方の大学でも日本語学科が設置されたのである。

この新しい環境によって、学生の数が短期間で著しく増え、さらに日本史を専攻したフランス人の少数の研究者たちは大学などで就職の機会を得ることとなった。大学の日本語学科は、言語や文学の講義のほかに歴史を含む日本社会に関する教育も提供するからである。実際に、フランスの大学では、日本語学科のみが日本史の教育を担当しているといってもよい。そのほかに古代史と中世史は、高等研究実習院(EPHE)、近世史と近代史は社会科学高等研究院(EHESS)とパリ・リヨンの高等師範学校のような研究機関も日本史のゼミを設けているが、学部ではなく、修士課程と博士課程しかないのである。

フランス国立科学研究センター(CNRS)と極東学院(Ecole Française d'Extrême-Orient / EFEO)にも日本史を専門とする専任研究者がいるが、普通の大学の歴史学部には日本史どころか、イスラム文化圏以外の東洋史でもほとんど教えられていないというのが現実である。最近、東南アジアや北東アジアに関するポストも諸機関に創設されたが、それでも現在のフランスで正式な研究員として仕事をしている日本の政治史・社会史の研究者を数えてみると、せいぜい20数人程度だろう。

このようにポストの数が極端に限られているので、学生にとっても大学で日本史に接触する機会は非常にまれであり、それはたとえば南米や中近東の歴史との大きな違いだと言える。こうした状況では、日本史の再生産や研究の継続が無論困難になっている。そして、日本史の基礎教育を行う日本語学科でも、学生たちの大半は日本史がメインの目的ではないため、彼らが博士課程で日本史を研究するには歴史学の基礎トレーニングが不十分であることが問題である。したがって、1980年代からフランス人の日本史の研究者が着実に増えたとは言え、まだまだ人数が不足しているのである。その一方で、日本史に対する学生や社会の期待と需要は確実に大きい。こうした日本史の根強い人気は、大衆向け歴史雑誌の日本特集号が組まれると、必ず好調な売れ行きをみせることからも明らかである[7)]。

1960年代から1980年代にかけて活躍した最初の日本史の研究者は、フランスだけではなく、ヨーロッパにおいても同じ専門の相手がほとんどいないのが通常だった。当時は主に古代史、中世史と近代史が研究されていたが、日本語学科の一般教育を担当する日本史の教員全員に、縄文から少なくとも明治までの日本通史に対する相当深い知識を持つ事が求められていた。

通常、その日本史の教員は日本史を専攻する前にまず西洋史の専門教育を受けていたが、彼らが日本語を勉強した当時は古典研究における文献学の影響がまだ強く、そのために中世以前の時代の研究が優先されたのかもしれない。こうした対象とする時代の限定はあったが、彼らは、日本の大学へ数年間留学して日本史を専攻するという現在の多くの日本研究者たちにとって正統なコースを開拓した世代でもあった。古代史のフランソワ・マセ(François Macé)、近代史のミシェル・ヴィエ(Michel Vié)やポール・アカマツ(Paul Akamatsu)などは皆、東洋語学校かパリ第7大学に学生あるいは教授・研究者として関係を持ったことがある。

当時のフランスの日本史研究として、フランシン・エライ(Francine Hérail)による奈良・平安時代の研究が特に注目される。エライは古代日本の律令制、平安京の政治や生活などについて重要な本と論文を書いただけではなく、翻訳も数多く手掛け、今でもフランス人の学生にとって聖典になっている日本通史を1980年代から2010年代にかけて三度も担当した[8)]。定年退職後の現在も未だに衰えを知らぬ研究者である。また、エライは講義とゼミで一次史料による日本の研究方法を重視し、さらに日本人の古代史研究の成果を紹介したため、フランスにおける日本史の研究水準は飛躍的に高まったと言える。

フランスにおいて初めて日本史が定着した1970-1980年代は、日本における歴史学も転換期だった。つまり、当時はいわゆる戦後歴史学の伝統を引いた学派や史的唯物論がますます疑問視され、新しい方法論を模索中だったのである。網野善彦、石井進、勝俣鎮夫などによる社会史の展開は、民俗学や考古学の成果を駆使しながら日本の中世史に新鮮な可能性を開いた時代だった。

ちょうど同じ時期に、フランスでもアナール学派の新展開として「新しい歴史学」(Nouvelle histoire)と呼ばれた歴史人類学が流行っていた。フランシン・エライの弟子のピエール・フランソワ・スイリ(Pierre François Souyri)は、1980年代に日本で中世史を学んだ後、翻訳などでフランスの学界に網野善彦の歴史学を紹介することに努めた。網野は、現在の日本の歴史学界においては影響力が低下しているものの、フランスではスイリの仕事によって今でも名前が知られている数少ない日本人の歴史家の一人である。1995年には、スイリは二宮宏之とともに、有名な雑誌『アナール』の最初の日本史特集号を担当した[9)]。日本人の日本史論文を翻訳して掲載したその特集号により、初めてフランスの歴史学界で当時の日本の歴史学の成果の一部が多少ではあるが話題になった。

フランスの大学が次第に日本の大学や研究機関との交流を発展させ、日本人の学者たちを定期的にフランスに招待し始めたのもこの時期だった。現在でも、アジア諸国の中でフランスの大学が一番頻繁な交流を持っているのは日本の研究機関であろう。ただし、それでもフランスにおいては、日本人の日本史研究者による研究発表を聴講するのは、日本の研究者に限られていると認めざるを得ない。近代史以外では英語やフランス語が出来る日本人の歴史家が非常に少なく、日本語が分かるフランス人の学者はさらに珍しいので、言語がまだ乗り越えがたい妨げになっているのである。それにフランスの歴史学界では翻訳という仕事はあまり高く評価されないのが事実なので、日本人による日本史の研究成果はフランス人の日本史研究者の枠からなかなか抜け出せない。

すでに指摘したように、日本の大きな特徴は21世紀になっても相変わらず日本に関する学問の中心になっている事である。それはまさに日本史の分野で確認できる事実であり、今まで西洋の日本史研究者にとって日本人の研究がかけがえのない基本的な情報源とインスピレーションになり、その業績に大きく頼ってきたのが事実である。その結果、フランスにおける日本史研究の主流は、少しの時間のずれがあっても、日本の歴史学の動向に従うのが当然となっている(それは実にフランスだけではないが)。日本史を専攻する学生たちは、自然にその時一番流行っている時代史や学派に惹かれ、最先端の研究をリードする日本人の先生を指導教官として選ぶからである。

1980年代から1990年代中頃の日本ではいわゆる「江戸ブーム」で近世史に人気があったので、アニック・ホリウチ(Annick Horiuchi)やナタリー・クアメ(Nathalie Kouamé)のように当時日本に留学したフランス人の学生は、それまで少しなおざりにされてきた江戸時代の研究を志した。それに当時の日本は都市史研究の最盛期でもあり、中世の建築史の研究者になったニコラ・フィエヴェ(Nicolas Fiévé)のような研究者も現れた。その一方、1990年代末からは世界中で近代史が流行りだしたなかで、日本でも近代の歴史がますます注目されたため、フランスでも2000年代にアルノ・ナンタ(Arnaud Nanta)、ベルナール・トマン(Bernard Thomann)、ニューヨーク大学で勉強したアレクサンドラ・コビルスキー(Aleksandra Kobiljski)のような明治・大正期の研究者が続々と出てきた。

最近、マルタン・ラモス(Martin Ramos)やヤニック・バルディ(Yannick Bardy)という若手の研究者は再び近世史に興味を抱き博士論文を書いたが、これまでの彼らの研究にも、やはり日本の近世史の現在の状況がそのまま反映されている。つまり、20世紀末までは日本人の近世史研究者は宗教社会史についてあまり興味を示さなかったが、2000年代に入ってから江戸時代の社会と宗教に関する研究が多くなり、宗教の諸局面は日本近世史のとてもダイナミックな分野になった。やはり、フランス人の若手の近世史研究者達もその動向に追従している。その一方、1990年代に流行っていた日本近世の都市史研究は現在日本でもフランスでも不人気になってしまった。

このように、フランスで研究される日本史は、かなり忠実に日本の歴史学の動向を反映していると言える。しかし、日本史のポストが少なすぎるので、先述したように、日本史の各時代の世代交代が難しいのである。たとえば、フランシン・エライの定年退職後、飛鳥時代と奈良時代の政治史の研究者はフランスの研究機関にいなくなった。それに、歴史家が専門分野を変えることも時々ある。たとえば、日本中世の社会史が専門だったピエール・スイリは2000年代に入ってからは近代史に研究の軸を移した[10)]。EPHEでフランシン・エライのあとを継いだシャルロッテ・フォン・ヴェアシュア(Charlotte von Verschuer)が中世史の論文の指導に当たっているものの、彼女はむしろ古代から中世までの物質文化や流通史が専門なので、事実上、現在フランスには日本中世の政治史の講義がほぼ無くなったといえる。

また、2000年代からの日本近代史の流行はフランスの学界における日本史研究の認識を少し変えたようである。日本近代史は各時代史のなかで海外の研究の影響を一番受けているからである。その理由はおそらく、近代国家の産み出した膨大な史料とその類似性が全世界レベルでの同種の方法論による新分野の開拓を可能にするからである。それゆえ、衛生の歴史、近代科学史、植民地の歴史などは日本とフランスでほぼ同時に流行りだし、それぞれの国で平行して発展してきた。したがって、これらの分野においてはフランスと日本の歴史学の相互交流が容易になり、フランス人の日本近代史研究者は自分の研究成果をフランス人研究者に分かりやすく説明する手段として、西洋史とくにフランス史で使われる概念や語彙を借用することもできるようになった。

その結果、近年のフランスでは、西洋史の研究者が編纂した近代史の本の中で日本史に関する論文を見つけることは珍しくない[11)]。こうして次第に、日本近代史研究はフランスの歴史学の一員として認められていったようである。

現在、フランスのみならずヨーロッパとアメリカの日本史研究の傾向のひとつは、中国や朝鮮半島など日本列島の周りの地域の国々との関係を重視しながら、日本列島を考え直すことであろう。フランスの学界は2000年代に入って、インド洋に関するサンジャイ・スブラフマニヤム(Sanjay Subramanyam)の研究、あるいはケネス・ポムランズ(Kenneth Pomeranz)やロイ・

ビン・ウォン(Roy Bin Wong)[12]の比較史などの影響が強くなり、「接続された歴史学」(CONNECTED HISTORY)や新しい比較史が注目を集めたが、その影響は西洋で書かれている東アジアの歴史にも顕著である[13]。

実際は、日本ではそれに先立って1980年代頃から環シナ海の歴史など古代史、中世史、近世史においていわゆる「接続された歴史学」に近い方法論がすでに開発されていた。しかし驚くことに、フランスの日本史研究者はそのような国際的な観点の歴史学にあまり興味を示さず、相変わらず日本列島にもっぱら焦点を絞った研究を続けてきた。その一方、中国、朝鮮を研究するフランス人の中には、日本語を勉強し、日本史も含めた東アジアレベルの歴史を志す人もいる。たとえば、現在、アメリカとヨーロッパでは近世のシナ海の海賊・倭寇が最近盛んに論じられるテーマだが、フランスで日本人などの研究成果に基づきその分野を開拓した人たちはフランソア・ジプル(François Gipouloux)のような中国研究者である[14]。

それでも日本史を東アジアという地域の中で研究するという方法論は、複数の外国語の学習など色々な困難があっても、後戻りできない世界中の日本学のトレンドとして、フランスにおける日本史研究でもこれから一般化するであろう。先述したように、19世紀のフランスの最初の日本学者は元々中国の古典文化を研究した人が多かったのだが、これからは日本史の研究者たちも中国語か韓国語などを勉強する人が次第に増えていくに違いない。それは現在のグローバル社会が歴史学に及ぼした影響の逆接的な結果と言えるかもしれない。

フランス人の日本史の研究者が少ないため、日本の歴史学の多様性を網羅することは不可能である。複数の研究者が取り組んでいる分野があれば、等閑に付されている基本的な分野もある。日本に旅行したり滞在したりする条件は格段によくなったが、依然としてフランスでの日本史研究は史料が手に入るかどうかという根本的な問題に大きく制約される。実際に、研究を可能にする図書館などはパリにしかなく、インターネットの発達した現在でもそれを補完するには不十分なので、地方の大学で日本史研究を継続的に行うのは至難の業である。

古文書の調査などを行うために日本に定期的に長期間の滞在をするのも難しいので、フランス人の研究者たちは刊行された史料をもっぱら利用する傾向がある。それは、アニック・ホリウチ、マティアス・ハイエク(Matthias Hayek)やアルノ・ナンタのような近世・近代の研究者によって思想史や知識史などが盛んに研究されている理由のひとつである[15)]。それに、フランスでは日本史研究者が日本の美術史や文学史などの他分野の研究者と同じ研究所で仕事をしているのが普通の状況なので、たとえば出版文化の普及あるいは社会表象などについて、文学作品と歴史史料の検討を合わせた共同研究[16)]もしばしば行われる。日本の学界では文学史と社会史はかなり離れた分野で、共同研究がさほど頻繁ではないように見えるが、このような共同研究は日本の日本史研究に対するフランスにおける日本史研究のひとつの特徴と言えるかもしれない。

逆にシャルロッテ・フォン・ヴェアシュアを除けば、前近代日本の経済史はフランスではほとんど研究されてこなかった。そのような欠落は、いわゆるカリフォルニア・スクールのリードしてきた中国史を中心とした新しい世界史(World history)の論争にフランスの日本学が参加することを妨げる弱点だと思われる[17)]。

特に明治以前の時代を研究対象にする日本史研究は、フランスの学界において未だ周辺的な分野で、「純粋な歴史学」と「AREA STUDIESとしての日本学」の間に挟まれ、学問的に少し居心地の悪い立場に立たされているのが事実である。しかし、そのような状況は決して日本史だけではなく、インド史や中国史についても同じ事が言える。しかし、インド史や中国史と比較すれば、フランスの日本史研究は未だ揺ぎ無い学問的な位置を確保するに至らず、その組織化も遅れている。その原因はいくつかあるだろうが、先述したように日本の大学と研究機関は日本史研究の世界的な中心であるので、フランス人の日本史研究者はフランスやヨーロッパ或いはアメリカの同僚との関係より日本の学界との関係を重視し、フランス或いはヨーロッパ全体における日本史研究の立場の強化という課題は今まで優先されてこなかった。それに「フランスの日本史研究」は人が少ないうえに、研究対象、方法論などは多様で、現在の段階では少しまとまりにくい面もある。これもフランスの学界において日本史研究の立場を固める事を困難にしている原因である。

しかし、現在まで150年にも及ぶフランスの日本学の推移を振り返ると、1970年代に盛んだった日本の人類学的な研究がほとんど衰退してしまったのに反して、日本史研究は40年前から次第にその重要性と多様性を増し、自立した学問として着実に発展し続けてきた。これからの発展の鍵はおそらくフランスの大学の歴史学部による日本史研究の受け入れであろう。しかしそれはいつ、どこに起こるか、筆者にはまだ予測できない事である。

## 2　日本史に関する私の経験と考慮

本章では、少し自分の研究履歴について述べたい。

筆者は高校を卒業してからまず歴史学を勉強し始めたが、大学1年生の時から日本文学に対し興味を抱き、独学で日本語の勉強も始めた。最初に読んだのは三島由紀夫の『金閣寺』だったと思うが、その当時はフランス語に翻訳された本が少なく、三島以外は川端康成、谷崎潤一郎が少しある程度だった。その後も歴史学の勉強を続けながら、1989年に東洋言語文化研究院（通称・東洋語学校）の日本語学科の夜学に入学した。当初、特に日本史を専攻する意思はなく、ただ日本文学の知識を深めたかっただけだが、その時から井原西鶴を愛読していたので、江戸時代に惹かれていた。現在のフランスではジャパン・エクスポ（Japan Expo）のようなコス・プレの集会、ケーブルテレビの日本ポップカルチャーの専門チャンネル、あるいはどこの本屋でも見つかる漫画コーナーなどが、若者から30代までのフランス人が広く共有している文化現象になっている。しかし、1980年代の終わり頃は翻訳された日本の文学作品がまだまだ少なく、一般には、当時流行し始めたアニメ以外に、日常的に日本文化に触れる機会や空間はパリのオペラ座の界隈に限られていた。そのため修士課程を選ぶ時に、西洋史をやめ、日本史のみを専攻することにした。日本史を研究するためには、普通の大学の文学部を出て、もっぱら東洋語学校の「日本言語文化学科」に通い続けるほかなかったのである。

1992年に日本語の学士号を取得後、日本の文部省の奨学金を得て、初めて日本に1年間留学した。東洋語学校でスイリ、エライ、ヴィエの下で日本史を勉強したのち渡日したが、スイリの専門は中世史、ヴィエは近代史であり、エライから少し新井白石の「読史余論」について講義を受けた以外は、江戸時代の歴史に関する教育をほとんど受けていない状態だった。この奨学金は元々日本語教育のためだったが、すでにフランスで日本語をかなり身につけていたので、金沢大学の文学部日本史学科に直接入り、高澤裕一と中野節子の指導の下に日本近世史の研究を始めた。当時まだ流行していた都市史を専攻し、近世古文書の解読の方法も覚えた。日本史学科の学生として克服しなければならない難所は山ほどあった。日常生活においては日本語に余り差し支えがなかったが、日本の歴史学の特別な語彙や概念などの知識が不足していたので、授業に出ても最初はほとんど何も分からなかった。それは先行研究の勉強不足も原因だったが、何よりも普通の日本人なら誰でも持っている日本文化の知識が足りなかったのである。たとえば、「座頭」とか「鍛冶師」などのような簡単なものでも筆者にとっては初耳の言葉がたくさん出てきて、日本史の授業は全く理解できなかった。当然、日本の歴史学の論争の経緯も全く知らず、途中で入学した学部の1年間の勉強だけでそのような知識不足を埋めることは到底不可能だった。結局、日本の歴史学の伝統や論争の複雑な環境を理解するには数年かかった。現在も日本留学から帰ってきた西洋人の論文などを読んでみると、彼らも同じ問題に直面したように思える。その原因は、明らかに日本の歴史学の論争と先学に対する知識が浅いからである。彼らは日本に留学する前に、数少ない英語やフランス語で書かれた日本史の本ばかりを読んできて、日本の大学の学部を通らないで直接に博士課程のゼミに入るケースが多いので、日本の歴史学の基礎的な知識が足りない留学生が少なくない。フランス人の日本留学は増加したものの、その問題は未解決のまま残っていると言える。その解決方法として、留学生を日本に送る前にフランスで日本の歴史学の最新の研究動向を教えるだけではなく、日本史の論争の深さをもう少し学生に実感させる必要があると考える。

金沢の留学時代にはまだまだ独自の研究を行うことができなかったが、古文書の授業に出席してよく分かったことは、一次史料の使用の重要性である。外国ではもちろん江戸時代の古文書がめったに手に入らない事もあり、現在のフランス学界においては、細かい研究よりむしろ通史的なものが日本史研究者に求められているのだが、やはり活字になった史料ばかりではなく、原文書を読んでみない限り、史料の多様性や制約が深く理解できないのである。

帰国後、「町共同体」に関する修士論文を提出してから、また16ヶ月間の兵役関係の勤務で日本に戻り、吉田伸之の東京大学文学部の近世史の授業に出席した。その間、金沢の町人社会をもっぱら研究し、帰国してからその成果をまとめ、「菱屋彦次日記」という天保期の金沢の史料を題材に論文を書いた。菱屋彦次は金沢の中心部にある尾張町に住んでいた町人で、道具の商売をしながら、加賀藩が藩士のために融資活動を行っていた「祠堂銀」という機関の町役人でもあった。かなり裕福な商人で、天保期に日記をつけており、それを素材として江戸後期の金沢の町人の社会結合(SOCIABILITE)の研究を試みた。菱屋彦次の日記は金沢で町共同体に相当する十人組の機能にも多少触れており、町人の頼母子講、武家との交流、金沢の飲食店での宴会などもかなり立体的に描かれているので、江戸などの大都会との比較も可能だった。その日記のもうひとつの興味深い点は天保の大飢饉の描写であり、菱屋彦次が記録した当時の金沢の様子を検討し、上層町人の飢饉の認識を研究してみた[18]。長い日記ではないので、研究の範囲が限られていたが、それは現在も筆者が続けている町人社会や町役人の研究の最初の試みだった。

その後、博士論文を書くために、再び日本の文部省とフランス外務省の奨学金を得て、2000年まで東大の吉田伸之のゼミで研究した。その成果が2000年に提出した博士論文である[19]。研究テーマはやはり金沢の町人社会で、「石黒家文書」という史料を使い、17世紀の城下町における大商人の成長過程を検討した。石黒家もやはり金沢の商人で、その子孫は現在も尾張町で薬屋を営んでいる。1990年代の終わりに、新しい『金沢市史』の作成の過程で史料調査と収集が行われ、「石黒家文書」が新たに注目された。17世紀から第二次世界大戦にかけての史料からなる「石黒家文書」の中で、江戸前期のものをピック・アップして、金沢という地方の城下町における享保期初頭までの大商人の発展を研究した。史料は留帳、日記、遺言書、起請文など様々だったが、大きく三種類に区分できる。つまり、元々の魚問屋とその後の薬種業という職業関係の史料、宗門改や相続などのような家族としての家の運営に関する史料、及び銀座の史料である。石黒家は17世紀後半から町年寄など町役人を歴任したが、正徳・享保期頃に、石黒新右衛門が金沢市内の貨幣統制を担当する銀座の最高責任者になったのである。彼は、在任中に詳細な日記を書き続け、その役所の日常的な運営を立体的に描いてくれた。町役人は役職としてはよく知られているが、役所のあり方、日常の職務については今でも意外と不明な点が多いのが現状である。特に都市史は史料の制約もあり、町人社会における町役人の地位もあまり重視されず、役職や社会的な役割は主に掟や町触などによって研究されたので、イメージとしてはかなり単調な感じがすると言わざるを得ない。「石黒家文書」により町役人と武家役人の関係、町人社会とのやり取り、銀座内部の部下の役割、金沢における荻原重秀の貨幣改鋳のインパクトなどがよく理解できる。博士論文を執筆した時期は、もっぱら町人の社会史を専攻し、経済史や貨幣史などに対してはそれほど興味を持っていなかったが、その後、銀座の史料の解読を続けながら、次第に貨幣、特に銀の流通史を研究するようになった。

博士号取得後、2001年にパリの社会科学高等研究院の日本研究所に准教授として就職した。先述したように、高等社会科学研究院には学部はなく、当時博士課程しかなかったが、私のゼミには東洋語学校・パリ第7大学の日本語修士課程の学生も出席していた。EHESSも2006年から修士課程を設立し、そのレベルに適した新しいゼミの立ち上げにもあたった。

当初の研究では博士課程で取り組んだテーマを続け、近世城下町における有力町人と武家権力の関係を研究した。特に町役人、御用達などの特権町人に興味を持ち、町人身分や都市社会における町役人などの位置と役割の解明に努めた。また、博士論文の材料になった「石黒家文書」には貨幣に関する史料が豊富に残っていたので、貨幣史の研究も始め、多少経済史にも携わった。具体的には、加賀藩は1669年まで領国貨幣を鋳造したが、それ以降は幕府の圧力で江戸の丁銀を領内で流通させて領国貨幣を廃止した。しかし銀座は幕末まで残った。つまり、17世紀前半に加賀藩は自分の貨幣を持っている一種の小国家を形成していたのだが、それは特殊であっても例外的な状況ではなく、当時の日本各地で領国貨幣が鋳造され、北方と西方の諸藩の経済の成立を支えていたのである。貨幣という観点から当時の幕藩体制を研究すると、幕府の権力の浸透過程とそれに対する対抗・矛盾がよく見えてくると思う。さらに三都ではなく、地方における貨幣流通の実態を研究したことで、貨幣に対する幕府機関の統制を相対化しながら、藩の行政機関や町人社会の役割にも気づくことができた。現在もそれを研究テーマの一つとしている。

時期的にはむしろ近世初期を研究してきたが、貨幣史から次第に金銀の流通を研究するようになり、そして自然と中世末・近世初頭の日朝関係に目を向けた。それで主に「朝鮮王朝実録」を題材にして、1540年代から1580年代にかけての朝鮮と倭人と中国の関係を研究しながら、論文をまとめて提出し、今年「アビリタション」(博士論文指導免許)という資格を取得した[20]。それは無論、現在ヨーロッパとアメリカにおいて、特に中国史研究で流行っている倭寇や近世の海賊などの研究と無関係ではない。それはスブラフマニヤムなどのCONNECTED HISTORY(接続された歴史学)の流行の一つの結果だろうが、最近、海洋流通における非法集団の役割が注目され、海賊の行為は単に略奪や暴力としてだけではなく、ある地域の経済制度の重要な要素としてみなされるようになった。たとえば、16世紀から17世紀にかけてのインド洋におけるポルトガル人やオランダ人などの進出を研究すると、VOC(オランダ東インド会社)のような正式な組織のかたわらで海賊的な行為も頻繁に行われていたことが明らかになった。そのような非合法な行為を行う人々は海専門の暴力団のようなものばかりではなく、時に商人として普通の商業を行ったり、或いは軍人としてある国家のために敵の船や港などを襲ったりする人たちでもあった。

つまり海上の国際秩序が安定しない限り、海賊行為を行う「賊党」は、国際関係を混乱させると同時に、何らかの事情で正常に作動しない国際貿易を密売という形で担う「商人」でもあった。このような研究は西洋で2000年代になってから特に流行ってきたように思われるが、先述したように、実は日本では1980年代から類似の研究が行われており、その点では日本の歴史学が先駆者だったと言える。つまり、田中健夫の先駆的な研究の成果をさらに発展させながら、1980-1990年代に村井章介が提起した「倭寇的状況論」、あるいは当時盛んに論じられた「環シナ海論」は[21]、外交ルールの下で行われた通商関係にしか注目しないそれまでの研究から脱して、密売人集団・倭寇・海賊などを視野に入れて16世紀から17世紀にかけての東・東南アジアの貿易・技術・文化の交流を考え直したのである。実はそのような「倭寇的状況論」と「環シナ海論」が一番影響を及ぼしたのが現在の中国の近世史のように思える。最近のアメリカとヨーロッパの中国史では海賊という課題を扱う研究が注目を集めているが、注釈・参考本のリストなどを見ると、明らかに日本の中世・近世史研究からインスピレーションを受けている部分が大きいように思う。つまり、日本人の歴史家たちは、今大騒ぎになっている「接続された歴史学」をスブラフマニヤムなどよりも早く書き始めたが、英語ではなく日本語で研究成果を発表したので、東洋史の研究者以外でその日本人の学者たちの名前を知っている西洋の研究者は少ないのが現状なのである。悲嘆すべき事だが、珍しい事ではない。たとえば、速水融が初めて提起した「勤勉革命」という概念は「INDUSTRIOUS REVOLUTION」として西洋でよく使われるようになったが、速水融の名前も業績もヨーロッパでは最近までほとんど知られず[22]、ヤン・デ・フリース(Jan de Vries)というオランダの学者のほうが「INDUSTRIOUS REVOLUTION」の概念の発明者としてひろく認識されている(速見は少し不服なようだが)。

ともかく、倭寇的状況の研究により日本銀の開発と貿易に16世紀の倭寇が決定的な役割を果たしたことが明らかになったので、筆者も、特に村井章介の研究から刺激を受け「朝鮮王朝実録」を読み始め、中世末・近世初期の日朝関係に興味を抱き始めた。筆者の研究対象は、次第に日本銀の貿易から倭寇に対する朝鮮王朝の防衛政策に移ったのである。西洋で行われる倭寇の研究は中国史の研究者にリードされるという面があり、これまで日中関係が注目されてきたが、倭寇的状況が朝鮮王朝に与えた影響も研究するに値すると考えている。

外国人の日本史研究者としてのひとつの重要な使命は、日本人研究者の研究成果を直接にフランスの学界に知らせる事であり、日本史だけではなく、日本の歴史学(HISTORY MADE IN JAPAN)に対する知識を広めることも大事だと思う。そのため、10年前から近世都市史と身分制の比較研究の日仏共同プロジェクトを実施しながら、学術雑誌の日本史特集号の編集や、日本人の学者たちの論文の翻訳などを行ってきた[23)]。1970年代まではフェルナン・ブローデル(Fernand Braudel)の研究などの人気でフランスでは比較史が流行っていたが、そのあと後退し、文化地域間の比較が少なくなってしまった。20世紀に書かれた比較史は西洋の発展に重点を置く西洋中心主義的な世界史という側面を色濃く持っていたが、最近になって近世の世界経済における東洋の役割が再評価され、経済史においては、中国と近世イギリスなどを比較する研究も注目を集めた。しかし経済史以外では、ヨーロッパと日本の社会構造などを詳細に比較し、最近の研究成果を生かしながら近世社会の進化過程を論じる試みは、まだそれほど行われていない。それゆえ私が目的としているのは、1)フランスの西洋史の研究者に高いレベルの日本人の歴史学の成果や方法論、課題などを知らせる事、2)フランスの日本文化の研究者、特に近世文学や近世美術史の研究者に日本の社会経済史の最先端を知らせる事である。そのため、いつも日本学の他分野の研究者との協力の重要性を意識しながら研究しているわけである。

注

1) ロニーの生涯と業績については、Bénédicte Fabre-Muller, Pierre Leboulleux, Philippe Rothstein, *Léon de Rosny: 1837-1914; de l'Orient à l'Amérique*, Villeneuve-d'Ascq, Presses Universitaires du Septentrion, 2014。

2) *La civilisation japonaise*, conférences faites à l'école spéciale des langues orientales par Léon de Rosny, Paris, Ernest Leroux éditeur, 1883.

3) *Le couvent du dragon vert*, comédie japonaise adaptée à la scène française par Leone d'Albano, Paris, Maisonneuve et cie, 1874.

4) フランスにおける日本学の初歩については、Christophe Marquet, «Le développement de la japonologie en France dans les années 1920: autour de la revue *Japon et Extrême-Orient», in EBISU*, n 51, dossier «Le rapprochement franco-japonais dans l'entre-deux-guerres», *Tôkyô, 2014.* フランスの日本研究の開拓者についてはFrançois Pouillon, *Dictionnaire des orientalistes de langue française*, Paris, Karthala, 2008参照。

5) 例えば、アゲノエルの琉球調査については、*Okinawa 1930: notes ethnographiques de Charles Haguenauer*, éditées et commentées par Patrick Beillevaire, Paris, Collège de France, Institut des hautes Etudes Japonaises, 2010.

6) Frédéric Joüon des Longrais, «La condition de la femme au Japon au XIIe et au XIIIe siècles d'après le Iwashimizu Monogatari», *La librairie encyclopédique*, Bruxelles, 1959; Frédéric Joüon des Longrais, *Tashi, le roman de celle qui épousa deux empereurs (Nidai no kisaki) (1140-1202)*, Tokyo, Maison franco-japonaise, 1965-1969, 2 vol.

7) 例えば「L'Histoire」という雑誌は2008年に、「Sciences et Vie」は2013年日本史・日本文化特集号を出した。

8) Francine Hérail, *Histoire du Japon des origines à la fin de Meiji*, Paris, Publications orientalistes de France, 1986, Francine Hérail(ed.), *Histoire du Japon*, Le Coteau, Horvath, 1990; Francine Hérail(ed.), *Histoire du Japon, des origines à nos jours*, Paris, Hermann, 2010.

9) *Annales Histoire Sciences Sociales*, 50e année, n 2, 1995.

10) 例えば、Pierre Souyri, *Moderne sans être occidental: aux origines du Japon d'aujourd'hui*, Paris, Galliard, 2016。

11) それは特に近代史において定着しているようである。たとえばPierre Brocheux. *Les décolonisations au XXe siècle. La fin des empires européens et japonais*, Armand Colin, pp.23-32, 2012、或いは、Pascal Blanchard, Nicolas Bancel,Gilles Boëtsch, Sandrine Lemaire(ed.), *Zoos humains et exhibitions coloniales, 150 ans d'inventions de l'Autre*, Paris, La découverte 2011は日本に関する論文を載せてある。

12) Sanjay Subramanyam, *The Portuguese Empire in Asia, 1500-1700: A Political and Economic History*, London and New York: Longman, 1993; Sanjay Subramanyam,

*Explorations in Connected History: From the Tagus to the Ganges*, Delhi: Oxford University Press, 2004; Kenneth Pomeranz, *The Great Divergence: China, Europe, and the Making of the Modern World Economy*. Princeton University Press, 2000; Roy Bin Wong, *China Transformed: Historical Change and the Limits of European Experience* (Cornell University Press, 1997) 参照。

13) 代表的な例としてAlessandro STANZIANI, *Bâtisseurs d'empires. Russie, Chine et Inde à la croisée des mondes, XV e – XIXe siècle*, Paris, Editions Raison d'agir, 2012参照。

14) François Gipouloux, *La Méditerranée asiatique*, Paris, CNRS, 2009.

15) Annick Horiuchi, Matthias Hayek (ed.), *Listen, Copy, Read: Popular Learning in Early Modern Japan*, Brill, pp.380, 2014; Arnaud Nanta, « The Anthropological Society of Tokyo and the Ainu. Racial Classifications, Prehistory, and National Identity (1880-1910) », in N. Bancel et al. (eds.), *The Invention of Race : Scientific and Popular Representations*, Routledge, 2014, p. 158-169. (éd. fr. La Découverte, 2014)

16) たとえば、Christian Galan et Emmanuel Lozerand, La famille japonaise moderne (1868-1926) : discours et débats, Arles, Philippe Picquier, 2011など。

17) ポムランズやビン・ウォンに代表されるいわゆるカリフォルニア・スクールの業績については注12参照。

18) Guillaume Carré, «Une crise de subsistance dans une ville seigneuriale japonaise au XIXème siècle: Étude d'après les notes journalières de Hishiya Hikoji pour l'année Tenpô 8 (1837) », *Bulletin de l'École Française d'Extrême-Orient*, EFEO, Paris, n 84, 1997.

19) Guillaume Carré, *Les Ishiguro : une dynastie de grands marchands provinciaux dans le Japon d'Ancien Régime (1580-1720)*, Thèse de doctorat, sous la direction de Pierre-François Souyri, INALCO, 2000.

20) Guillaume Carré, «Une crise de subsistance dans une ville seigneuriale japonaise au XIXème siècle: Étude d'après les notes journalières de Hishiya Hikoji pour l'année Tenpô 8 (1837) », Bulletin de l'École Française d'Extrême-Orient, EFEO, Paris, n 84, 1997.

21) 「倭寇的状況論」については村井章介『中世倭人伝』(岩波書店、1993年)等を参照。「環シナ海論」の代表的な歴史家としては濱下武志や村井章介が挙げられる。

22) ただし最近「勤勉革命」に関する速水融の著作が英語に翻訳された。Akira Hayami, *Japan's Industrious Revolution. Economic and Social Transformations in the Early Modern Period*, New York, Springer, 2015.

23) たとえば«Les statuts sociaux au Japon (XVIIe-XIXe siècle) »特集号, *Annales. Histoire, Sciences sociales*, n 4-2011, Paris, Éditions de l'EHESS, 2011; «Edo au XIXe siècle, espace et sociétés»特集号, *Histoire urbaine*, n 29 décembre 2010, Marne la Vallée, Société Française d'Histoire Urbaine, 2010, 参照。

# 韓国における日本史研究
## ——地域史的観点からの接近

朴 花珍（釜慶大学）

## 1　韓国における日本史研究の動向

最初に、韓国における日本史研究全体の動向と、特に近世史研究の動向について述べたい。

日帝植民地支配から独立した1945年から日本史研究者が出始める1970年代までを、まずは見てみたい。第二次世界大戦後、韓国における東洋史研究は、主に中国史であったため、教育現場でも中国史が中心で、日本史は教えられることも研究されることも、大変少なかった。植民地時代の歴史観の克服の問題があり、日本史を一国史として考えることが、多少難しい時期でもあったからである。

1980年代中頃、アメリカ・日本留学から帰国した日本史研究者の第一世代に次の三人がいる。金容徳はハーバード大学で日本近代史を研究し、ソウル大学で教鞭を執り、現在は退官している1)。朴英宰はアメリカで日本近代史について研究し、延世大学で教鞭を執った後、現在は退官している2)。金鉉球は日本古代史、特に任那日本府を研究して高麗大学で教鞭を執った3)。この三人の影響で、韓国において日本史研究者が育ち始めたのである。

そして1995年前後に、日本などに留学した多くの若手研究者の帰国により、日本史研究が活発になり始めた。1992年創立の韓日関係史学会(『韓日関係史』)、1994年創立の日本史学会(『日本歴史研究』)には日本史を主に専攻した人たちがおり、また、1993年には韓国日本学会(『日本学報』)が創立され、若手の日本学研究者たちが活躍する研究の場所が設けられるようになった。

韓国における日本史研究の全体的な傾向は、近・現代史研究が多く、次いで任那日本府などの研究対象がある古代史、そして、韓日関係史・朝日関係史がある近世史、となり、中世史が大変不振となっている。

1994年から2014年の20年を前半・後半に分けてみると、日本史学会が創立された1994年から2004年の10年間は日本史研究が急増した時期と言える。戦後、1945年から2004年までに韓国で発表された日本史関連論文のうち、1994年から2004年までの成果が8割を占める程である。この10年間の韓国における日本史研究の分野は、韓日関係史の分野とそれ以外のテーマを扱う日本史分野の二つに大きく分けられるが、なかでも研究が積み重ねられたのは韓日関係史の分野である。

後半の2004年から2014年は、教科書問題に加えて独島(日本では竹島)問題、すなわち海の国境問題、あるいは慰安婦問題などにより、韓国政府が支援する多様なプロジェクトが行われた。近世史では、やはり韓日関係史研究が非常に多かったが、韓半島と関わりのない日本独自の近世史の研究も活発になり、研究テーマはかなり多様化した。数字を挙げると、2006年から2007年の日本近世史の研究成果は、単行本9冊、論文115編であったが、2012年から2013年には、その約1.5倍から2倍ぐらいに増加している。

しかし、研究成果の分量では、近世史はやはり対外関係史が主流で、韓国では壬辰倭乱と言われる文禄・慶長の役の研究と朝鮮通信使の研究がある。戦争と平和で言うと、文禄・慶長の役は戦争であり朝鮮通信使は平和というように、この二つを韓国では時々分けて考えることもある。その他の対外関係史の研究には、海洋境界つまり独島問題のほか漂流民・対馬藩関係・倭寇・倭館・朝日貿易・教科書問題・歴史認識などがある(倭寇は中世なので今回は紹介しない)。一方、近世史の対外関係史分野以外の研究では、江戸時代の村落や漁村・都市史・宗教史・武士道・伊勢参り・庶民旅行・商人資本家・医学・音楽などがあるが、分量としてはそれほど多くない。

では、対外関係史分野から研究者とその研究を紹介しよう。まず、孫承喆による交隣体制についての研究がある[4)]。彼は村井章介や荒野泰典と様々な共同研究も実施している。閔徳基も、江戸幕府と朝鮮王朝後期の外交史研究をしている[5)]。

金文子は、文禄・慶長の役(壬辰倭乱)の研究などをしており[6)]、河宇鳳は、儒学の中でも実学を中心に、日本の近世古学との比較研究をしている[7)]。李勳は、国史編纂委員会に勤めた経験があり、漂流民を研究している[8)]。

金東哲は朝鮮後期の貿易史研究をする一方、釜山倭館との関係にも少し触れている[9)]。尹裕淑も倭館についての幾つかの論文がある[10)]。

鄭成一には日朝貿易の研究のほか、独島に関する論文もある[11)]。許智恩は倭学訳官の研究をしている[12)]。これ以外にもたくさんあるが全てを挙げることはできないので、このような対外関係史の研究動向があることを示すに留める。

次いで、対外関係史以外の研究を概観しよう。朴慶洙は東北大学に留学し、三井家の文書を分析して商人資本の研究をした[13)]。具兌勳は武士の研究[14)]、李喜馥は日本の儒学、思想史を研究している[15)]。

筆者は1990年代から2000年代半ばまでは、村落や漁村などを研究していた[16)]。南基鶴は中世の武士の研究[17)]、朴晋漢は江戸時代の上層農民の旅や村落規約の諸相を研究している[18)]。尹炳男は銅山の研究などをしている[19)]。

このほか、対外関係史以外の分野でも様々な個別研究があるが、全てを挙げることはできないので、これ以外は省略する。

最近の韓国における日本史研究については、三つの課題があると筆者は考えている。

一つ目は、韓日懸案問題(歴史教科書・海洋境界・慰安婦・戦争責任など)への対応として多様なプロジェクトが行われ、研究者が専門領域と関わりなく携わる場合が多少あり、疲労感を感じている場合も少なくないということ。また、韓日関係史研究者は、韓国側の文献・史料などに関心が偏り、日本側の文献・史料を参考することが難しいため、韓国中心に関係史を研究している場合も少なくないということ。

二つ目は、韓国における日本近世史研究の若手研究者の育成のためには、日本側の関連基礎史料の編纂・翻訳事業がもっと活発に行われる必要があるということ。

三つ目は、韓日関係史に限らず広く日本史研究のテーマ設定を拡大するために、日本での日本史研究の成果を受容し易いように、研究者の国際的交流の場をもっと広げる必要があるということ。以上、三点を課題として挙げておきたい。

## 2　私の日本史研究

筆者の日本史研究の歩みについて、なぜ日本史研究を志したか、そしてどのような遍歴で現在に辿り着いたかを述べよう。

1970年代後半の大学での東洋史講座は、主に中国史で、日本史の講義はほとんど受けられなかった。韓国史の中で、例えば壬辰倭乱や征韓論など、韓・日両国の対外関係史関連の史実について学んだが、日本史自体について勉強したことはあまりなかった。

また、1960年代から1970年代までの韓国史の研究動向は、マルクス主義経済史に基づいており、日帝時代の植民地史観の克服のために、資本主義萌芽論や農業・農村研究などが流行り、朝鮮王室文化や両班などについての研究は大変少なかった。宮嶋博史が「韓国人が研究しない両班」と評して研究をしていたくらいである。その後、2000年代に入ると、KBSテレビ大河ドラマ『太祖王建』(2000年から2002年まで200回にわたって放映された歴史大河ドラマ)が流行り、王朝文化に関心が集まったことから、王朝・王室文化についての研究が活発になり始めた。

韓国では、西洋列強諸国家などによって近代化される以前、すでに資本主義の準備ができていたという資本主義萌芽論が流行っていた。儒学者は朝鮮王朝を駄目にしたかもしれないが、その儒学の中の実用学問に関心を持った実学者たちにより、近代化の準備ができていたと考えるマルキシズム的な経済理論に、かなりの学生たちが影響を受けた。

1970年代は学生運動が非常に激しい時期であり、学生運動に参加している学生は尋問を受けたり、家でマルキシズムに関係する本が見つかれば共産主義者とされ、そのまま警察に連れて行かれて拷問を受けるという時代でもあった。そのような時代背景から、かえってマルクス主義経済史が学生たちにエネルギーを与えるということもあった。

このように、資本主義萌芽論の影響を受けた農村・農業・農政論・農民運動の研究が大変多かった。特に、金容燮の『朝鮮後期農業史研究〔I〕——農村経済・社会変動』と『朝鮮後期農業史研究〔II〕——農村変動・農学思想』は大きな影響を与えた。また、『韓国近代農業史研究——農業改革論・農業政策』や朝鮮後期の実学思想研究などの影響も大きい[20]。しかし、現在はこのような農村の研究はあまり流行っていない。日本人の歴史家の著作では、大塚久雄の『共同体の基礎理論』、『社会科学の方法——ヴェーバーとマルクス』などが、韓国の大学生たちによく読まれていた[21]。

筆者は学部4年生の時に、日本史について関心を持つようになった。しかし日本語は、論文を読むことはできるけれども、話すことや聞くことはできなかった。参考となる日本史関連の本も無かった。やはり筆者は、資本主義萌芽論や実学思想について関心を持ち、学部の卒業論文では、実学思想家の中で重商主義者をテーマとしてとりあげ、大学院では、『千一録』という本に現われている新しい知識人の農業技術論について研究した[22]。

筆者は国立釜山大学の学部と大学院を出るが、その修士課程修了後、1年ぐらい非常勤講師をやりながら日本留学を決心した。釜山は日本に近いため日本の影響が非常に大きく、多くの日本人が観光に訪れるところでもある。釜山の国際港に船が着けば、九州から来た人たちがたくさん降りて釜山市内に吸い込まれていった。したがって筆者は、実際の日本はどのような国か、日本人はどのような人なのか、朝鮮人を差別するのかということに関心があった。そこで、大学の先生に日本に留学し、日本史を専攻する意思を伝えた。しかし、当時、韓・日両国間の教科書問題も起きていたこともあり、就職が難しくなるから考え直してほしいと言われた。それほど、日本留学へのはじめの一歩は大変であった。それでも、日本の国、日本人、そして日本の基礎共同体の村落について知りたいと思い、東京大学で1982 年から1991 年までトータルで約10年(研究生1 年、修士課程2 年、そして博士課程7年)勉強をすることになった。そして、ありのままの日本社会、日本の基礎共同体の村落について研究することになるのだが、日本語は漢文を読むことしかできず、御家流で書かれた近世文書はほとんど読めなかったので、韓国の大学院での研究成果を基にして、日本の農書(農業技術書)・農学思想との比較研究から始めた。

それは、古島敏雄の指導を受けながらの韓・日両国の近世農書の比較研究であった。韓国の『千一録』は、百姓的立場の農書である。朝鮮時代後期に書かれた農書は、農業を実際にはしない学者の農書が結構多かった。韓国では、代々日本や中国との通訳をする家柄があるように、農書を書く家柄があったのだが、『千一録』というのは、学問もするかもしれないが、実際の自分の農業経験によって書かれている。そのような百姓的な農書・農学思想について研究して修士論文としてまとめた[23]。

博士課程では村落の運営などに関心を持ちながら、近世の地方(じかた)文書に関心を広げて、地方文書についての論文を書いた[24]。また、朝鮮時代後期に書かれた人身売買文書を取り上げて、日本の文書との比較も試みた。朝鮮時代には税金の納付、あるいは急病人の発生時にお金が無い場合、自分の娘や姉を売ることがあった。その時のサインは、手の指で証明をする。そのような近世の売買文書の比較研究をしたのである[25]。そして一連の研究成果を書き上げ、博士論文としてまとめ[26]、1992年に帰国した。

国立釜慶大学では日本史または韓日関係史を教えながら、一揆について関心があったので日本村落史に関する研究を続けた[27]。釜慶大学は、日帝時代の水産専門学校に始まる水産大学と、工業専門学校に始まる工業大学が、1996年に統合したという歴史を持つ。そのようなことから漁村の問題も勉強した[28]。また、釜山と距離が近い九州地域についての考察を発表するなど[29]、テーマを絞らずに様々な研究をしていた。

韓国の学生に歴史を教える時に、中国史と韓国史は同じような歴史用語を使うが、日本史の場合は言葉が違い、「大名」や「年貢」などの多くの新しい歴史用語が出てくるので、学生に日本史を教えることはたいへん難しい。このような日本史認識の不足している韓国風土の中で、日本村落史研究を行うことに限界も感じていた。また、外国に住みながら日本の地方文書調査を行うことも難しかった。そこで2002年から、古代以来の日本との関係が深い釜山で、その歴史的な特徴を生かした「地域史」に研究テーマを変えることにした。韓国人があまり研究していない釜山という場所における韓日関係史、これは日本では田代和生が倭館を研究しているが、韓国ではあまり研究が進んでいなかった。そこで、釜山地域に集中することにしたのである。

釜山には1407年以来置かれた釜山浦倭館があったことから、その倭館を通じた朝日交流、朝鮮通信使などの研究、さらに現代21世紀における朝鮮通信使行列再現、草梁倭館の復元問題などがある。釜山の朝鮮通信使文化事業会が、途絶えていた朝鮮通信使の行列を韓国で再現することを計画し、筆者は色々なかたちでこれに携わることになった(図1)。2005年に朝鮮通信使学会が創立された時は、ロナルド・トビ先生に講演を依頼したこともある。その後も、毎年、国際学術会議を開催したり、5月の第一週末(金・土・日曜日)が朝鮮通信使ウィークになっており、行列と祝祭の再現に力を注いでいる。そして、ついに2016年3月に、「朝鮮通信使ユネスコ世界記録(記憶)遺産韓日共同登載」を韓日市民団体の力でユネスコに申請し、2017年10月に世界遺産登録を果たしたのである。

研究については、2000年代に入って筆者は「朝鮮通信使の江戸入城過程」(2007)という論文を書き、また、『江戸空間の中の通信使』(2010)[30]という本を出した。また、2000年からは、自他認識と異国観というものに関心を持ち、

1407年から1872年に対馬藩が引き揚げるまで釜山に存在した倭館に着目している。そして、東萊府の人は倭館をどのように見ていたか、あるいは倭館の日本人は東萊府の人をどのように見ていたかという他者観に関心を持ちながら、論文を発表し続けている[31)]。彼岸の日に、対馬藩の人たちは倭館を出て墓参りに行くが、日が暮れないうちに戻るようにと倭館の館守が命令を出す(次章で詳述)。その時に朝鮮の民衆とぶつかって喧嘩をすることもある。こうした史料などを分析して、どのような事態になったのかということも検討したいと思っている。

図1　朝鮮通信使行列再現の際、従事官に扮した筆者

## 3　地域史的観点からの釜山研究

最後に、筆者が取り組んでいる釜山研究を紹介したい。まず、釜山について紹介しよう。釜山に倭館や倭城があったことは広く知られているが、遺跡としては、文禄・慶長の役の遺跡、朝鮮通信使関連の遺跡などが、いくつか残されている。江戸時代に倭館館守が書いた膨大な日記は異文化交流の第一級史料で、朝鮮後期の朝日交流及び前近代釜山の日常生活を再現できる貴重な史料群である。また、釜山には日帝時代の近代植民地都市遺跡も残されている。

「東萊府殉節図」(図2)は、1760年代に描かれた文禄・慶長の役の絵図である。東萊府がまさに攻略されるところで、東萊府使が日本軍と対峙している様子が描かれている。北門の遺構は、改修されているものの現在も残ってい

図２　東萊府殉節図、礪山宋氏泉谷宗中所蔵（「釜山博物館図録」『釜山の歴史と文化』104、105頁）

るが、そのほかは日帝時代に一帯が市街地になってしまった。福泉洞という場所では、アパートを建てるために発掘したところ伽耶時代の遺跡や古墳が出たので、そのままのかたちで残され、出土した遺物を展示するために建てられた福泉博物館は釜山博物館の分館となっている。

朝鮮通信使行列文化再現の歩みも紹介しよう。2002年に朝鮮通信使行列再現委員会が発足、翌2003年には朝鮮通信使文化事業推進委員会が発足、2005年には朝鮮通信使学会が創立されるという経緯を辿り、2012年には、ユネスコ世界遺産登録のための国際シンポジウムが韓日両国の実務者と学者を集めて開かれた。

そして2014年6月、朝鮮通信使ユネスコ世界記録遺産の準備会が韓国で発足、4月には日本で発足しており、2016年1月まで韓日共同学術委員会が、韓国と日本を往来しながら12回ほど開かれた。そして、前章で述べたように、同年3月にユネスコに申請し、2017年10月に世界遺産への登録を果たしたのである。

朝鮮通信使の経路（図3）のうち、釜山から対馬までは遠くはないが、寒流

図3　朝鮮通信使の経路(『こころの交流朝鮮通信使』朝鮮通信使文化事業推進委員会、2004年、33頁)

と暖流が合うところなので、波が静かになるまで、あるいは外交文書に問題がある時にお互いに遣り取りをするために待つので、釜山には朝鮮通信使と関係のある遺跡も数多く存在する。釜山から出帆する前には、永嘉台という場所で海神祭を行う。図4は20世紀初頭の永嘉台であるが、後の日帝時代に鉄道が敷設された時に取り壊されており、現在は無い。

朝鮮後期の通信使は、江戸時代に12回来日している。韓国では、日本に朝鮮の文化を伝えたことに焦点が当てられているが、実際は、日本から伝え

図4　永嘉台(『写真葉書、釜山の近代を語る』釜山博物館、2007年、123頁)、金東哲所蔵

られたものもある。例えば、第11回の1763年−1764年の時には、日本のサツマイモが朝鮮に伝えられた。サツマイモは対馬では孝行薯(ココイモ)、韓国ではコグマと呼んでいる。朝鮮では秋の収穫をして租税を納めて、翌年の3月から4、5月になると、百姓は食糧が無くなる。対馬から入ったコグマは、その困窮からたくさんの民衆を救った。以下、その話を詳しく紹介したい。

第11回の朝鮮通信使の特徴は、正使の趙曮が、1757年から1759年の東莱府使の経験を生かして、色々な人を随行させたことである。彼は慶尚道観察使なども勤めているが、第11回の朝鮮通信使の随行員には東莱府出身の比率が高かった。「東莱殉節図」や後述する「倭館図」(図5)を描いた卞璞は東莱府では下級官吏であったが、文字も絵も上手なので通信使の一行に加えたことを、趙曮は『海槎日記』の中で記している。日本の文物や珍しい農業技術、または日本の絵図などを積極的に記録するように命じたことも記している。多くの朝鮮民衆を救った対馬の孝行薯(韓国の史料では「甘藷」)を持ち帰った時に、日本の言葉や地図を記録することも命じているのである。

コグマ(サツマイモ)について、『海槎日記』の中で趙曮は、対馬島中に食べられる草の根があり、救荒作物になる。生でも食べるし、蒸したり焼いたり、または穀物に入れたりと食べ方は様々であると書いている。1763年の往路、対馬の佐須奈浦に着いた時に、これを数斗程手に入れて釜山に送ったが生産に失敗したようで、帰路、再び対馬で手に入れて自分で持ち帰ることにした。朝鮮に広まれば、高麗時代末に文益漸が中国(元)から綿花の種を持ち帰ったのと同様に、朝鮮民衆を大いに助けることになる。このように趙曮は書いている。

現在、そのコグマは韓国に根付いている。釜山市影島区にある「ジョネギ」という地名の「ジョ」は、第11回朝鮮通信使の正使趙曮(ジョ・ウム)の「ジョ」と「育てること」を意味する「ネギ」に由来する。影島は、島ということで対馬と姉妹提携をしている。また、町おこしとして、ジョネギパン屋と言ってコグマを使ったパイのようなパンを作って、今年(2016年)の朝鮮通信使祭りの時には参加者に配っていた。

図5　倭館図(「釜山博物館図録」『釜山の歴史と文化』、2002年、142頁)韓国国立中央博物館所蔵

釜山浦倭館は、1407年から1872年まで、閉鎖や移転しながらも、国境の釜山における韓日両国の外交・文化交流の場として機能した。市民団体が草梁倭館の復元運動をしており、近年は研究者も多少加わり、釜山市長へ遺跡保存の用地の確保の要求などをしたり、研究会を開催するなどしており、『セティビョルのメアリ』(草梁の響き)という雑誌を、年に2回発行している。

朝鮮時代初期には富山浦、鎮

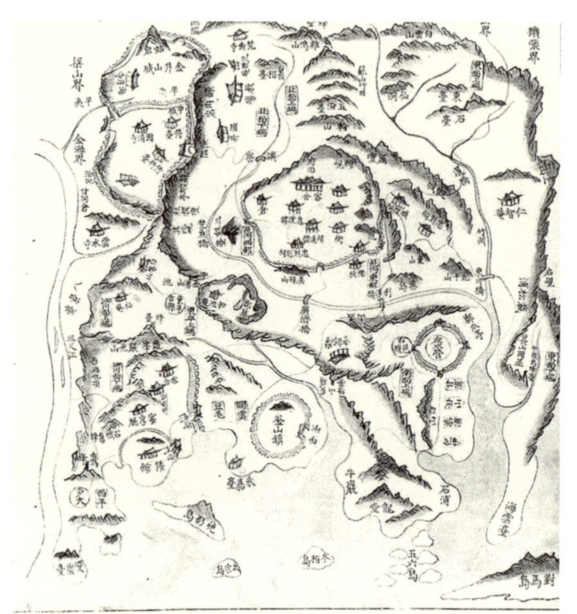

図6　與地図(『釜山古地図』釜山広域市・釜山大学、70頁)韓国国立中央博物館所蔵

海の薺浦、蔚山の塩浦に三つの倭館があった。その当時は薺浦倭館が一番大きく、1407年に設置された当時、家族連れの308戸に1722人が住んでいた。蔚山の塩浦倭館の設置は1418年で36戸131人、富山浦倭館の設置は1407年で67戸323人であった。現在は、海が一部埋め立てられているものの、釜山の大きい道と影島の道はそのまま残っている。

江戸時代になって影島に置かれた絶影島倭館は1603年から1607年に存在したとされるが、1601年まで遡るという人もいる。場所も、研究者によって意見が分かれており、現在の韓進重工業の造船工場の辺り、または大平洞(大平浦埋立地)一帯ではないかと推定されている。

その次に豆毛浦倭館、さらに草梁倭館が建てられた。18世紀半ばに描かれた東莱府の「輿地図」(図6)を見よう。右の方に描かれている「左水営」(水軍駐屯地)は、現在、水営という地名に残っている。海に面した真ん中あたりの「釜山鎮」は、文禄・慶長の役の時には倭城が築かれた場所である。その海沿いの左に倭館がある。朝鮮時代後期の東莱を描いたこの地図では、対馬が下の方に描かれている。ちなみにこの認識を筆者は不思議に思うこともある。

豆毛浦倭館(図7)は、現在の釜山市東区にある在釜山日本国総領事館近辺の一帯にあった。東館、西館、その真ん中に中館があり宴饗庁が置かれている。敷地は約1万坪で波止場が狭く、また火事、洪水が発生することから、対馬側から移転要求が出され、1678年に草梁倭館に移転することになる。その後は「古館」と呼ばれた。

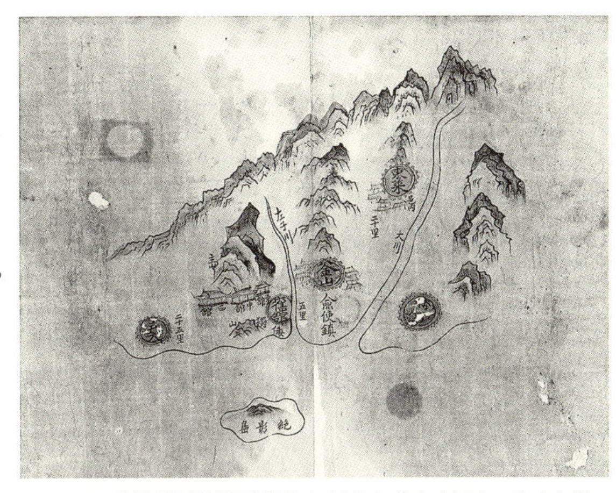

図7　豆毛浦倭館〈掌運図〉(『釜山古地図』釜山広域市・釜山大学、223頁)韓国国立民族博物館所蔵

草梁倭館は約10万坪、中央に竜頭山があり東館と西館に分けられる。先述した卞璞が描いた「倭館図」には、竜頭山、港、館守屋(倭館を管理する最高責任者の家屋)、寺、正門などが描かれているほか、対馬からの使者が宿泊する西館も見える。草梁倭館に住んでいたのは男性ばかりだったので、門前に朝市が立つ時には朝鮮の女性たちが、魚や野菜、果物を販売したようである。草梁倭館の建物は東萊府が建設したが、中は畳が敷かれていた。筆者は焼物に非常に興味を持っているが、ここでは焼物も作っていた(図8)。日本から注文があり、届け先として幕府の老中の名前が史料で出てくる。

倭館の業務としては、貿易、情報収集及び外交実務がある。さらに、漂流民への対処もある。日本に流れ着いた朝鮮の漂流民、あるいは朝鮮で発見された日本の漂流民もいるので、その送還業務のやりとりも記録されている。草梁倭館守日記の「倭館館守日記」が、1687年9月から1870年閏10月までの184年間、即ち第22代の吉田作右衛門から第104代の番縫殿介が記した約860冊が現存しており、ゆまに書房から96リールのマイクロフィルム版が発売されている。1リールが1000コマ前後なので、写真の合計は約10万コマに及ぶであろう。一番最初の部分である1687年9月23日に赴任した吉田

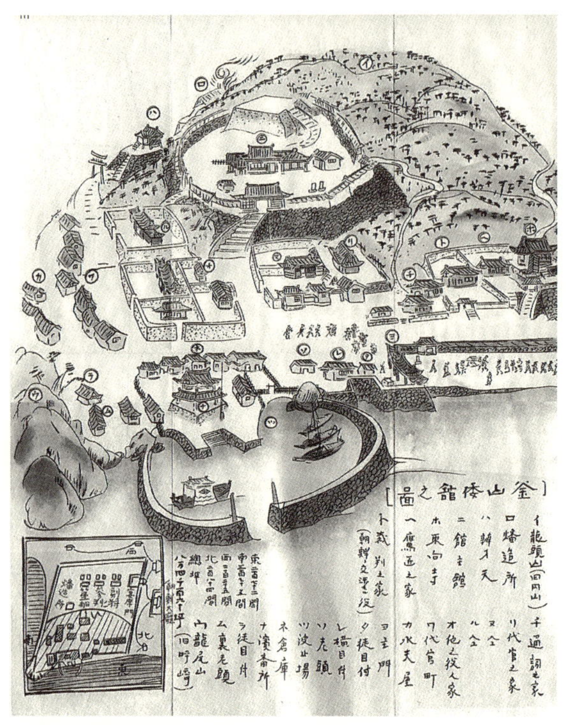


図8　倭館図(『釜山古地図』釜山広域市・釜山大学、2008年、236頁)個人所蔵

作右衛門の記録を見ると、彼は翌年3月に急死しているのだが、当時はまだ館守の体制が確立していない様子が窺える。なお、館守の在任期間は、大体1780年代までは2年または2年半、その後は2期、3期と勤めが長くなる人もいた。

草梁倭館時代に書かれた「倭館館守日記」は、近世の対馬藩だけではなく、東莱府の様々な生活の実情を知るのに大変有用だと考える。現在、筆者が論文を準備している初期の日記には、当時の天気がほとんど毎日記録されている。それを見るだけでも、300年前の釜山では晴れの日と雨の日がどれくらいあったかが分かり面白い。

京都大学附属図書館には『朝鮮図絵』という絵巻が所蔵されている。その長い絵巻の最後の部分(図9)には、倭館の館守屋の庭や部屋の中で宴会が開かれている様子が描かれている。多分、貿易交渉や外交儀礼の準備をした後に、お茶やお酒などを飲みながら歓談する姿であろう。「倭館館守日記」には、訓導・別差(朝鮮東莱府側の外交実務者)が来て、ゆるゆるとお話をして帰ったという記録がある。その時の「ゆるゆる」は、この絵巻に描かれている和気あいあいとした雰囲気だったのではないだろうか。絵巻は、朝鮮の若い小使と

①

②

③

図９　『朝鮮絵図』京都大学附属図書館所蔵（谷村文庫）

日本人が色々なものをやりとりしたり、運搬している場面で終わる。また、外交使節が来た時に草梁客舎と宴饗大庁へ行く行列も描かれていたので、筆者は「毎日記(館守日記)」(以下「倭館館守日記」と表記)から、行列の順序や出発時刻、その時の様子などを調べてみたこともある。

日記にほとんど毎日書かれている項目として、夜回り記録がある。また、毎月1日と15日には、館守屋に倭館の住人たちが集まって、お祝いをすることも書かれている。彼岸の日などのやりとりのこと、あるいは船が入港する時の見張り番や島番の話などもある。その他には外交問題、遊女と倭館の男の密通が露顕した時のこと、高麗人参の密貿易問題などの記録もある。

1866年(慶応2)1月28日の日記には、彼岸入りを前にして出された館守の通達が記されている。

> 来月二日彼岸入ニ付、七日之間先規之通古館詣被差免候間、札ニ而往来可有之候、尤、先方ニをいて放埒之儀無之、暮ニ不及内早々帰館せしめ候様、召仕之者共江堅可被申付旨、可被相触候、以上、
> 正月廿八日　館守
> 松尾繁之介殿

彼岸の7日間、先規の通りに古館(豆毛浦倭館)への往来を許すが、気ままな振る舞いをせず、日が暮れない内に帰って来るように、という通達である。しかし、明治維新後の1872年に韓国で描かれた豆毛鎮地図を見ると、古館への道はかなり遠く見える。そして、日本人の墓碑がある「倭塚」まで行っているのである。この間、朝鮮人とは仲が良い時もあるが、ぶつかり合って喧嘩になったことも記録されている。現在でも、当時の墓石は結構あるのではないか。この場所は未だ正確に確認できていないが、今後調べてみるべきだと思っている。

「倭館館守日記」は、釜山と東莱府と対馬の生活状況と自他認識、あるいは天気もわかり、色々な意味で貴重な史料群といえよう。しかし、膨大な

分量と読みづらい御家流で書かれているため、韓国人の研究者は「倭館館守日記」をそれほど利用できず、なかなか研究が進んでいない。そこで筆者は、韓日関係史研究者の助けに少しでもなればと思い、勉強も兼ねて、日本語及び韓国語翻訳までを目標に、まず冒頭から読み起こす作業を始めている。今後、可能な限り「倭館館守日記」を読み進めて研究を進めたいと考えている。

注

1) 金容徳『日本近代史を見る目』(知識産業社、1991年)。

2) 朴英宰(共著)『清日戦争の再照明』(翰林大学アジア文化研究所、1996年)。

3) 金鉉球『任那日本府研究——韓半島南部経営論批判』(一潮閣、1993年)。

4) 孫承喆『朝鮮時代韓日関係史研究』(知性の泉、1994年)、『近世朝鮮の韓日関係研究』(国学資料院、1999年)。

5) 閔徳基『(前近代)東アジアのなかの韓・日関係』(早稲田大学出版部、1994年)、同『朝鮮時代日本の対外交渉』(景仁文化社、2010年)。

6) 金文子「秀吉の病死風聞と朝日交渉」(『日本歴史研究』8、1998年)。

7) 河宇鳳『朝鮮後期実学者の日本観研究』(一志社、1989年)、同『朝鮮時代韓国人の日本認識』(慧眼、2006年)、同『韓国と日本——相互認識の歴史と未来』(サルリム出版社、2012年)。

8) 李勳『朝鮮後期漂流民と韓日関係』(国学資料院、1999年)。

9) 金東哲「朝鮮後期倭館開市貿易と被執蔘」(『韓国民族文化』13、1999年)、同「朝鮮後期の統制と交流の場所、釜山倭館」(2010年)。

10) 尹裕淑『近世日朝通交と倭館』(岩田書院、2011年)、『近世朝日関係と鬱陵島』(慧眼、2016年)。

11) 鄭成一『朝鮮後期対日貿易』(新書苑、2000年)、同「朝鮮の銅銭と日本の銀貨——貨幣の流通を通じてみた15-17世紀韓日関係」(『韓日関係史研究』20、2004年)、同『全羅道と日本——朝鮮時代海難事故分析』(景仁文化社、2013年)。

12) 許智恩「17世紀朝鮮の倭館統制策と朝日関係——癸亥約條(1683)の締結過程を中心に」(『韓日関係史研究』15、2001年)、同「対馬島　朝鮮語通詞の成立過程と役割」(『韓日関係史研究』29、2008年)、同「近世長州・薩摩の朝鮮語通詞と朝鮮情報収集」(『東洋史学研究』109、2009年)、同「江戸幕府の諸国巡検使派遣と対馬藩の対応」(『東洋史学研究』134、2016年)。

13) 朴慶洙「日本近世商人資本の研究」(『日本歴史研究』3、1996年)、同「江戸時代商人の移住と領主支配」(『日本歴史研究』6、1997年)。

14) 具兌勳「近世日本武士と帯刀」(『日本歴史研究』3、1996年)。

15) 李喜馥「近世日本儒学の位相」(『日本歴史研究』9、1999年)。

16) 朴花珍「日本近世村落像の一考察」(『韓・日研究』6、1993年)、同「日本近世農民運動について」(『史叢』46、1997年)、同「日本近世大坂湾漁村の他国出漁について」(『日本歴史研究』9、1999年)、同「日本近世漁村社会の成立と変貌」(『歴史と境界』52、2004年)。

17) 南基鶴「蒙古侵入と朝幕関係の展開」(『日本歴史研究』3、1996年)、同「網野善彦の日本論の再検討」(『日本歴史研究』19、2004年)、「日本中世社会の武士についての認識」(『日本歴史研究』20、2004年)。

18) 朴晋漢「近世中後期の上方地域の倹約村定に関する研究」(『東洋史学研究』89、2004年)、同「江戸時代の上層農民の余暇と旅」(『歴史学報』189、2006年)、同「江戸時代村落規約の制定と村落運営——畿内地域を中心に」(『日本歴史研究』25、2007年)、同「17世紀後半下級武士の日常生活と時政認識」(『日本歴史研究』34、2011年)。

19) 尹炳男「近世日本の統一権力と鉱山支配」(『日本歴史研究』6、1997年)、同「近世日本の国富観と幕府の貿易政策」(『日本歴史研究』10、1999年)、同「平賀源内の招聘と秋田藩の銅鉱山開発」(『歴史学報』192、2006年)、同『銅と侍——秋田藩を通してみた日本近世』(ソナム、2007年)。

20) 金容燮『朝鮮後期農業史研究〔Ⅰ〕——農村経済・社会変動』(一潮閣、1970年)、同『朝鮮後期農業史研究〔Ⅱ〕——農業変動・農学思潮』(一潮閣、1971年)、同『韓国近代農業史研究——農業改革論・農業政策』(一潮閣、1992年)、同『朝鮮後期農学史研究』(一潮閣、1988年)。

21) 大塚久雄『共同体の基礎理論』(岩波書店、1955年)、同『社会科学の方法——ヴェーバーとマルクス』(岩波新書、1966年)。

22) 朴花珍「『千一録』に現われた禹夏永の農業技術論」(『釜大史学』5、1981年)。

23) 朴花珍「韓・日両国の近世農書の比較——『千一録』・『耕稼春秋』を中心に」(東京大学大学院修士論文、1985年)。

24) 朴花珍「『地方凡例録』の諸異本について」(『史学雑誌』97-2、1988年)、「近世地方書の成り立ちについて」(『日本歴史』489、1989年)。

25) 朴花珍「韓・日両国の近世文書の比較について——売買文書を中心に」(『日本歴史』501、1990年)。

26) 朴花珍『韓・日両国における近世村落の比較史的研究』(東京大学大学院博士学位請求論文、1991年)。

27) 注16参照。

28) 注16参照。

29) 朴花珍「日本キリシタン時代における九州地域の考察」(『歴史と境界』54、2005

年）。

30） 朴花珍（共著）『江戸空間の中の通信使』（ハンウル出版社、2010年）。

31） 朴花珍「朝鮮時代の国境地域の異国観——東莱釜山浦を中心に」（『東北亜文化研究』29、2011年）、同「倭館館守日記を通じた草梁倭館の生活像」（『東北亜文化研究』33、2012年）、同「前近代釜山浦事件から見た韓日両国の自他認識」（『東北亜文化研究』37、2013年）、同「明治初期草梁倭館の変化について」（『東北亜文化研究』39、2014年）、同「幕末・明治初期の草梁倭館の儀礼について」（『東北亜文化研究』43、2015年）、同「倭館館守日記体制成立の初期過程についての研究」（『東北亜文化研究』49、2016年）。

【コメント1】

# 日本から、外国からみんなで日本を考える

世川祐多(パリ第7大学大学院博士課程)

幼少期の思い出深いことの一つに、父親から枕元で聞いた先祖の話があります。その先祖たちの古文書が残されていることもあり、もともと日本近世史に興味があり、それが高じて2008年に学習院大学文学部史学科に入学いたしました。専攻は日本近世史で、卒業論文では、1823(文政6)年の忍藩・桑名藩・白河藩の三方領地替を幕府の対外政策すなわち海防に関連して考察しました。また、学習院大学の国際交流センターにお世話になる形で、国際交流サークルを主催し、アジア、ヨーロッパ、アメリカ諸国の友人たちと交わる中で、例えば日本の飲み会の無礼講などの文化が特殊であることなどを知り、日本を知るためには外国から日本を眺めるに越したことはないと思うようになりました。故に大学3年次に、歴史研究に優れた国且つ、海外で日本近世史を網羅した日本学を学べる行き先を探し、フランスのパリ第7大学のアニック堀内教授にたどり着きました。行き先は西ヨーロッパを志向しておりました。それは、日本の政治経済の論調などを見ても、いまだに西洋を無意識に見上げ、追従しようとするものが多くありますが、こういう脱亜入欧的な感覚が本当に正しいのか、そして日本人の西洋理解は正しいものなのか自分の目で確かめながら日本を考えてみたかったからです。そして、修士

課程から博士課程へと長丁場の進学を既に考えていた私には、英語圏に比べ、フランスの国立大学の方が、留学生が経済的に優遇されていたため、行き先がフランスに決まりました。よって、フランスに対して先入観がないまま渡仏いたしました。

さて、フランスに渡り、当初考えていたテーマは、幕末の日仏外交史でしたが、日本人研究者の好むテーマ設定と、フランス人研究者のそれが違うことに気づかされます。日本では王道の日本史のテーマとして、幕藩・朝幕・交通史などがありますが、フランスで学ばれる日本史のテーマのほとんどが、文化や文明的なものであり、政治的なものではないことは確かです。そして、フランスで日本人が日本史をやるなら、日仏関係史でないといけないというような感覚も、なぜフランスで日本史をわざわざやるのかということを、日本人に対して納得させるための名目に過ぎないもので、日本人向けのエクスキューズであることを理解しました。こうした経緯より、指導教授と私の興味関心と、フランスにいるから深められるであろう日本史のテーマを考え、日本の近世の武家の家族史を中心に研究することにしました。家族史は1960年代のアナール学派に端を発する、社会学的、人類学的な歴史学の一分野であり、フランス史において蓄積の深いテーマであります。今日においても、子供が歴史的にどのように扱われて来たのかを領域横断的に研究するセミナーが開講されていたり、いかにもフランスらしい問題提起があります。あるいは、ユダヤ人の養子制度の研究など、日本語では読めない面白い先行研究もたくさんあります。また、フランスの歴史学でMentalité(マンタリテ　心性)の研究が定着したように、人間の心の趣などにも焦点を当てるフランスの研究手法では、歴史上のある時期においての人々の、一定の行動様式を推し量ることができます。私の研究に即せば、当時の人々が武家をどのように定義し、捉えたかを知ることで、江戸時代における武家の存在そのものを考えたいと思っております。具体的には、日本の武家の相続に関連して、妾や養子の観点を含め考察することにあります。修士論文では、武家の養子を会津藩の法制と桑名藩の由緒書から考察し、直近の論文では武家の妾と妾腹について論証し、どのようにして武士たちが家の再生産を図っていたのか考えることで、武家の姿を再考察したいと愚考を重ねております。

自分の事例に即して、外国で日本史を学ぶことの面白さを考える時、その妙味はやはり否が応でも「学際的」且つ「比較文化的」に研究せざるをえないというところに尽きます。まず、日本史を学ぶ時の空間は、大学院やグランゼコールなどの高等教育機関の中の、日本学科の中の日本史専攻ということになるために、日本の文学や言語学、映画などの身体表象と一緒くたになって日本を学ぶことになります。この利点は、人文系の学問がともすれば蛸壺に陥りがちな傾向を抑制し、様々な分野の先生や仲間と多角的な議論ができることにあります。また、異文化理解は自分たちの持ち合わせている知識との比較から始まりますから、日本史のあるテーマを解説する時に、西洋人は否応無く西洋の知識に引きつけて考えるために、例えて「古代ローマ時代は養子が家を相続することがあったように、近世の武士の家も養子が家を相続した」というような比較とその弁証法が要求されます。また、論文やシンポジウムなどで、いきなり自分の個別研究の話から始めることはできず、江戸時代は身分制社会で、というように、基礎からイントロダクションとして丁寧に話を始めないと全く伝わりません。日本における日本人の発表で、いきなり自分の個別研究の話を始める例は多いですが、結果専門的すぎて、専門外の人間にはわからないような説明が一般的と思われます。例えば、私は交通史の専門家ではないため、概要の説明なしにいきなり「○○宿の享保年間の問屋場では」などと話し始められてもわかりません。フランスでは一層こうした点に留意しなくてはならないため、丁寧で緻密な発表の仕方を会得するトレーニングができます。

このように、海外に出て日本史を研究する身として、この度海外における日本学の動向を、そのコンテストも含めた形で発表するという、新しい試みのシンポジウムに、コメンテーターとして参加できたことは、大変に興味深いことでした。どの先生方も、おっしゃりたいことを、おっしゃりたいままに、自由に、そして国の事情を隠さずに発表されていたことは、聞いていて実に面白いものでした。各先生のご報告の詳細は、それぞれのご論考をご覧いただくとして、以下、私の印象に残った点を発表者順にご紹介致します。

トビ先生のご報告においては、アメリカの学術界では、英語以外の欧語で書かれた論文などの研究業績は、業績として考慮されてきたことに対し、近年まで、日本学者が日本語で論文や著書を出しても、業績とはみなされなかったということに驚きました。そして同時に納得いたしました。例えて、そもそもアメリカにおける日本研究は「なぜ、日本は非白人文明なのに、アジアにおいて近代化を成し遂げたのか」という関心からスタートしたように、西ヨーロッパや白人の侵略以来のアメリカの文明と、それ以外の文明は、潜在的に白人文明を先進であると考えつつ、分けて考えられてきたと感じております。私も一度パリのワインバーにて出くわした白人フランス人に、アジアに我々のような高等な文明があるのかなどと言われて、悪気がなさそうなのでより一層、その態度にむっとしたことがありましたが、欧文なら研究業績になって、それ以外はカウントされなかった事実は、白人文明とそれ以外に上下をもうけながら他文明を研究してきた欧米の研究の潜在的態度があったのだと感じました。故にトビ先生という研究者は、そういう日本語での研究が欧米の研究のように学術の世界において「一等」のものへ格上げされるように戦いながら、今を迎えられたということで、非常に稀有なご存在だと感じました。

そして、先生のご研究は江戸時代における日本人の朝鮮人に対するステレオタイプのイメージということでしたが、これまた自分を中心に異人や異文化をどう人間が考えて、形作るのかという全ての人間に共通するテーマであります。現代に考え直せば、例えば、フランス人は皆お洒落であり、パリは綺麗であるというステレオタイプがありますが、実際に行けば着た切り雀のように無頓着な人が圧倒的に多く、エコロジーを声高に叫ぶ割には、パリはポイ捨てされたゴミで溢れています。この様に、外の人間たちがある文化に対して抱くステレオタイプのイメージは実際とはかけ離れています。江戸時代の日本人にとってみれば、朝鮮人は髭面の帽子の人々であったわけです。しかし、当時は簡単に海外へ行き、実際に異文化を生で見聞することはできません。今や世界を気軽に旅することのできる時代であるにもかかわらず、異文化に対する荒唐無稽なイメージが先行するということは、バイアスをかけて人間が異国を見がちであるという、人間の本質に迫っていると思われます。こうしたものを打破し、真の国際理解を果たすためにも、異国へ行き、その文化へ潜り、交流し、見聞し、その中で、自己を知ることの大切さが身にしみます。

カレ先生のご報告では、フランスにおける日本学の歴史の概括が丁寧に説明されました。日本人が北米を考えるとき、それはおそらくカナダではなく、合衆国であり、フランス人にとってみれば東亜と言ってまず先にイメージするのは中国であります。存在感のあるイメージの強い国ほど、人の関心を惹きつけるのは当たり前であり、フランスにとって中国学からアジア学がスタートしたのも必然です。この概説で、あらためて、こうした人間の異国への眼差しの性向の中で、中国のさらに奥の国日本に関心を持った僅かのパイオニアにより日本学が中国学の枝葉として拡大してきた事実を知りました。大きなイメージの国から研究が始まり、その周りの国へと目を向ける人間がいる。そして、その両方を接続して考えようとする人間が現れた流れは興味深いものです。人間の営みを考える一つのツールが歴史学であるならば、アヘン戦争が、日本の開国に影響を与えたように、世界史の中で日本史を考えるような姿勢を問われたカレ先生のご指摘は強いメッセージであると感じた次第です。

また、先生は、パリに研究拠点が一極集中し、地方で日本学が学びにくいことや、日本学者の少なさと各分野の専門家の引き継ぎの困難など、フランスの日本学の問題をご紹介くださいました。確かに、修士や博士課程の日本学の学生たちには、日本学を続けるためにパリへ来た人も多くいます。私は逆に、博士課程に進学する際に、フランスの地方にも住んでみたいと考え、引っ越して、時折パリに来るようにしようと考えておりました。しかし、指導教授から全てがパリに揃っていて、パリに住んでいないと日本学の最先端から遅れてしまう旨を言われ断念いたしました。なるほど日本学のセミナーは、パリ第7大学やINALCOやEHESS、EPHEなどのパリにある研究機関に集中しておりますし、日本学の蔵書もこちらの図書館を利用しなくてはなりません。こうした都市間の日本学の格差は、フランスの研究機関の財政難が一因であると考えられます。実にフランスの教育予算は乏しいため、地方の大学等の日本学を重点的に支援することなどできるわけもありません。パリにおいてでさえ、日本学の関連書物を取り揃えるための予算確保にも難渋するぐらいで、毎年大量の本を寄贈してくださる霞会館のご支援無くしては、パリの日本学蔵書のレベルの維持も難しいと思われます。

どの国にも共通する現代の問題として、経済や生産に直結しない人文科学は予算に乏しく、社会的にも不必要であるかの様なみられ方をされております。無論研究を通して、文系の社会における必要性をどれだけ社会に問えるかが研究者の責任でありますが、日本を世界に正しく発信するためには、受け手に違いのわかる理解者を一人でも増やす必要があり、日本政府もクールジャパンのみならず、日本学への支援を、孔子学院のようにすべきではないかと思います。

また、日本史の主流は日本であり、これがフランスの日本史研究の動向に影響を与えるというご説明がありました。自由を標榜するフランスにおいて、今後、フランス人のエスプリが新たな日本史をもたらし、独自の日本学の地位を確立するために私なりに解をもとめるならば、一つやらねばならないことがあると思われます。それは古文書を読めるようになるということです。最近日本においても、若手研究者の多くが古文書を読めないという危惧をよく耳に致します。これが事実であるならば、日本の日本史学は退化必定であります。古文書解読においては、近世の日本語の言い回しや語彙を容易に推定できるため、日本語を母語とする研究者に圧倒的なアドバンテージがあります。しかし、日本人研究者が昔の日本語に馴染む努力を怠り、古文書を読めなくなるのであれば、今後の日本においては、まだまだ大量に眠る史料から歴史を掘り起こして行くという江戸時代研究の醍醐味、魅力が失われ、従って新たな可能性が閉ざされてしまうと存じます。一方フランスにおいては、未だほとんどの近世以前の日本史学者が古文書を解読できません。よって、フランス人などが手に入れて取り扱うことのできる史料は、翻刻されたもの、更に好まれるのが、文庫版などで手軽に読める史料ということになります。無論翻刻された史料の価値は、なんら翻刻されていないものとは変わりません。しかし、翻刻されたものは日本にある史料のうちの僅かであり、また、史料としてはあまりにオーソドックスです。すでに有名な史料を日本の先行研究に過度に影響されながらフランスの感覚で調理し直すのではなく、日本に乗り込んで、眠る史料を自分の力で解読して掘り起こし、自分がパイオニアとしてシェフになれば、フランスならではの新たな日本史学が始まるはずです。古文書の読解は辞書を片手に自力で鍛錬することが原則ですが、日本語を母語としない人間にそれを求めるのは酷であり、日本人のネイティブに古文書を習うことで時間を短縮しながら江戸時代の語彙などを含め速やかに会得する必要性があると感じられます。外国人研究者に対して、日本人の研究者が定期的に古文書を教える機会が増えることを望みます。また、いままで決定版のない、江戸時代の言葉の言い回しや、文書上の定型文、似通って崩れる文字などをスムーズに学べるような、ヨーロッパ言語話者のための古文書解読メソッドを体系化し、教科書を作る必要もありましょう。

朴先生のご発表は、一番日本人が聞いてみたい点が凝縮されたご発表だと思いました。まず、日韓関係史から発した日本史研究が、日本のみを対象とする研究へと伸びつつある現状をご紹介下さいました。これは、韓国史の枠組みの中で取り扱われた日本が、韓国における日本史研究としてひとり立ちしていく過渡期であることを示しています。こうした中のパイオニアの一人が朴先生でいらっしゃるわけですが、先生が日本研究者になられる過程こそが、人間が異国へ接し、異国を考える際の重要な姿勢を示していると感じました。

まず、先生は、釜山に日本人が観光に来る姿を見て、日本に興味を抱かれました。興味の根源というのは、あれこれ全うそうな理由をこじつけて高尚ぶることも可能ではあるけれど、自然に、理由なく現れることが、本当の理由です。また、極めて感覚的なものでもあります。日本に興味をもつ外国人の多くが、その国の人らしくないと思わせるほど、生まれながらに日本人のような物腰であったり、あるいは日本文化が無性に好きであったり、本質的な興味はこういう理由なき理由にあり、ここから知的好奇心が高まっていく訳です。朴先生におかれては、釜山の船着場で日本人を眺める、自然に関心が湧く、他方、韓国人の感情に根深く染み込んだ反日がある。こういうものを感じられて、日本という現地へ行って日本を知って見たいという純粋な知的好奇心から行動を起こされる。これこそ異文化を探求する際の真摯な姿勢であると、学ばせていただきました。また、日本に行ったら就職の道が狭まるであろうと言われても、構わず行ってしまうぐらいのエネルギーも持ち合わせる。こういうパイオニア無くしては、韓国における日本学は始まらなかったであろうし、日本への理解も深まっていかない訳であります。

また、パイオニアの時代であるから、先生はパイオニアなりの試行錯誤をされておられます。日本史研究が浅い韓国では、日本の歴史用語への理解が不足している。故に、韓国の内部で日本村落史という専門的な研究をする段階にないと感じられ、釜山と朝鮮通信使を中心に据えた地域史に舵を切られました。ここに、現状を認識し、研究テーマを変えるという柔軟性の大切さをも学びます。やはり、歴史研究を通して、社会にその成果を還元していく必要があり、その時代時代にフィットする研究や、人々が本当に求める研究ができることも大切です。トビ先生は日本人の朝鮮人観を題材にされましたが、朴先生はその逆で朝鮮人が日本人をどう見たかという研究をされておられます。先生が舵を切られた地域史の中にある視座、どのように人間たちが他者を見て、考えるのかということを日朝双方向から歴史的に証明しようとする、まさに現代の世界全体に必要とされる普遍的な価値を有する研究です。

今回のシンポジウムを振り返りますと、諸外国の日本学研究の歴史と現状に鑑みながら、国際的且つ学際的に日本を考察することの面白さや、日本の中においては見過ごしがちな眼差しを知る機会になりました。日本という国は実に特殊な国であり、日本人をしても上手く説明することは難しいですが、外国人研究者や外から見た日本という視点を加えていくことで、日本を理解していくことの重要性が改めて認識されたと存じます。今後も継続して、国際日本学の交流と発表の場が継続していくことを祈念いたしまして、コメントを締めくくらせていただきます。

【コメント2】

# 自文化／異文化理解の落とし穴

## ――見る人も見られる人も　もろともに

米谷 均（早稲田大学）

日本研究に限らず、外国研究というものは、「見る側」と「見られる側」の観点が、しばしばせめぎ合っているということに、注意を傾ける必要があるかと思います。すなわち「見られる側」の日本人が、「見る側」の外国人の期待通り、異心無く自然に振る舞っているのか、という問題です。例えば、幕末から明治初年にかけて、日本の市井の人々を撮影したガラス乾板写真があるのですが、その多くは、被写体の人々が「それらしい」ポーズをとってフレームの中に収まっております。これらの画像を、当時の日本風俗を正しく客観的に表した資料として扱うべきか否か、まことに悩ましい。というのも、こうした写真の多くは、外国人観光客向けに作られた一種ヤラセの日本像だからです。もっとも「作られたイメージ」に惑わされるのは、外国人に限りません。日本人もまた、外国向けにお化粧した自画像を鏡の前で見つめているうちに、自己中毒を起こし、それが本当の自画像だと信じ込んでしまうことも多々あります。換言すれば、当為と現実の乖離から生じた恐るべき陥穽とも言うべきものでしょうか。

そして日本という国は、外国人から「見られること」にけっこう場慣れしていて、自己の「あるべき姿」を外国に喧伝する現象が、古来より見られます。有名な事例としては、983年に入宋した東大寺の僧・奝然（ちょうねん）の行跡があげられます。彼は北宋二代皇帝の太宗(趙匡義)に謁見し、日本がいかに文明国であるか、長々と宣伝します。いわく日本には儒教と仏教の経典はもとより、白居易の文集七十巻があり、交易の際には「乾元大宝」なる銅銭を用いている、と。そして彼は歴代天皇の名を列挙したと思しき『王年代記』なる書を献上して、中国側の日本情報を大きく更新させております(『宋史』日本伝)。ここで面白いのは、文明国の証が「白楽天の詩集が読まれていること」であると、奝然が思い込んでいることです。中国側の常識から言えば、そこは「杜甫や李白の詩集が読まれている」と言った方が、説得力があったことでしょう。こうした「あるべき姿」の指標のズレが、10世紀の日中間において既に発生しているということは、「見る側」と「見られる側」の認識相違を考える上でも、非常に興味深いのであります。

さて日本を「見る側」の方はどうでしょうか。前近代における外国人の日本研究のうち、私が特に面白いと思っているのは、15世紀に日本へ派遣された朝鮮使節による紀行文や帰朝報告、および16世紀から17世紀におけるイエズス会士の年次報告書や日本研究書です。前者の代表例としては、宋希璟『老松堂日本行録』(1420年)や申叔舟『海東諸国紀』(1471年)が、後者はルイス＝フロイス『日本史』(1592年頃)やジョアン＝ロドリゲス『日本教会史』(1622年頃)などが挙げられます。その面白さの理由は、両者とも自己の絶対的な価値基準をもって日本社会を俯瞰し、いささか愛憎の念をもって分析している点です。朝鮮官人は朱子学、イエズス会士はカトリックという鉄壁のイデオロギー信者です。ゆえに彼らの世界観と相容れない分野に対しては、やれ日本人は性的に紊乱しているとか、度しがたい偶像崇拝者だとか、口を極めて非難するのですが、それ以外の分野は、割と客観的で、日本人が普段記録に残さないような習俗を、丁寧に描写してくれます。異国に対する適度の偏見と、未知の世界への飽くなき好奇心が、絶妙に調合されて薬味となっている「日本研究」は、私のような日本人の大好物でありまして、彼ら「見る側」の心情をゆっくりと鑑賞しつつ、「ああ我々の御先祖はこんな風に見られていたのか」と、愛読して止まないのであります。

日本人は、たとい自らが「珍獣」視されたとしても、庭の千草の白菊の如く、孤高の存在として認められたと、敢えて読み替えることをもって、すんなり受け入れてしまう傾向があります。近代以降の日本研究、ことに欧米圏における「近代化論」の文脈で論じられた日本研究も、その関心が「極東に珍しいものを見た」という好奇心から始まっていることは、薄々気付いていたのではないかと思います。何せ非欧米圏かつ非キリスト教国で、急速に「近代化」し、清国やロシヤの両大国に勝利し、果てはアメリカに戦いを挑んで死に瀕したという国は、稀有の存在でしょう。そして「近代化」の条件とも言うべき西欧のプロテスタンティズムに類したものが、前近代の日本、特に近世の日本社会にあったのではないかと、外国人研究者が探求してみたくなるのは、むべなるかなと思います。それは儒教の禁欲主義でしょうか。しかし儒教の宗主国である中国や、本家よりも濃密な儒教国家である朝鮮は、蹉跌を踏んでおります。そこで次に出てくるのは日本特殊論で、これまた日本人の好みとするものですが、結果から必然を求める余り、良き日本像のみを抽出してこれを証明しようとすれば、ややもすれば贔屓の引き倒しとなってしまいます。むしろ日本の「近代化」の歩みは、特殊例などではなく典型例であったと冷徹に見た方が説得力があります。強力な外国文明が迫り、自国の政治制度や宗教・文化が破壊されそうになった時、人はどのように行動するのか。それは世界中の至るところで起きた共通現象であるためです（イアン＝ブルマ『近代日本の誕生』ランダムハウス講談社、2006年）。もちろん日本の場合は、その転換を迫られた時に、一定の条件と幸運な時宜を偶然にも兼備していたことは、見逃せないことですが。

また日本研究を論じる際に、しばしば俎上に上がる課題は、日本文化の「伝統」とは何か、という問題です。古来より脈々と続くとされる「伝統」は、果たしてどれだけ原型を留めているのか。実際のところ「伝統」なるものは、後世「復古」という名で再編成されたり、新たに創出されたものが多いことは、周知のことかと存じます。特に伝統行事の領域となると、参加者のノリによって毎年面白く「更新」されているものも少なくありません。一例として、2016年10月25日に開催された品川宿場祭の行列の動画を御覧頂きたいのですが、これはトビ先生が研究された神田明神の天下祭——象のハリボテやら唐人の仮装行列が江戸市中を練り歩く祭礼行事——と類似した世界かと存じます。まず、法螺貝を吹く修験者の一群が露払いをし、次は一日署長のアイドルさんや品川交通少年団の鼓笛隊など、交通安全パレードが続きます。そして納税相談を呼びかける青色申告会の隊列が通過し、江戸装束を着た仮装行列となります。トリはチアガール、吹奏楽部、ダンス部の参加者からなる品川女子学院の一大隊列で、沿道に艶やかな花を添えます。もちろんこうした町興しのための祭礼は、「見る側」も「見られる側」も、これが本当に古典的なものだとは考えていないでしょう。しかし地元においてはすでに20年を閲した宿場祭にて、もはや伝統行事の域に達しつつあります。こうした古い要素に新しい要素が添付され、時には大胆に更新されてゆく有様は、伝統の保存と可変性を考える上で、一つのヒントになるのではないかと思います。

最後に、日本研究を行う上で、今後重要な課題となると思われるものを、敢えて提起いたしたいと存じます。それはトビ先生の研究とも関わるものですが、近隣諸国の「似た者同士の相互不理解」をめぐる問題です。具体的には、日本と朝鮮、そして中国との間に横たわる相互不理解の問題です。この三ヶ国は、欧米文化圏から見れば、漢字・漢文や儒教などを共通項とする「漢字文化圏」にあった国々と見なされております。これにベトナムを加えて、東アジアはかつて共に「漢字文化圏」にあったと、日本人の多くは漠然と考えております。しかしいざ詳しく調べて見ますと、各国の社会基盤は当然のことながら相当に異なっており、日本史の常識で中国の社会を推し量ると、ひどく間違ってしまうことがあります。その一例として、「孝」の実践をめぐる問題があります。すなわち両親が死んだ時、その子供は足掛け27ヶ月、厳密に喪に服するのが中国の官人の常識なのですが、日本ではこの「掟」の深刻さを認識することがありません。中央官庁に奉職し、出世街道まっしぐらの官人が、親の死を知るや、休職して故郷に帰り、2年以上も謹慎しなければならない。そして万一これを怠って在京し続ければ、厳罰に処せられる

——このような恐ろしい官界のルールは、日本では全くなじまないものです。儒教にせよ仏教にせよ、日本は多くの文化文物を中国から導入しているのは周知のことですが、そこに取捨選択の作用が働いたためか、儒教の孝道や仏教の戒律は、余り守られておりません。仏教においても、鑑真和上の来日以降、貞慶やら叡尊やら多くの僧によって戒律の「復興」が試みられているのですが、古来より妻帯僧が寺院に住していたことは、日本においては常識であります。全般的に見て、日本は孝道や戒律などのルールに関して、ひどく緩い国のような所感がします。そして来日した朝鮮官人などが、これを目の当たりにして、「日本は道徳的に紊乱している」と述べ、これを聞いた日本人が反発する、というやりとりが、中世から近世にかけて繰り返し行われてきました。おおよそ「似たもの同士の相互不理解」というものは、我をもって彼を察した結果、生み出されるものであります。最近の日本研究は、近隣東アジア諸国との比較検討を通じて行われることが多いのですが、その共通性よりも相違性、相互理解よりも相互不理解の世界を探求することが、今後の課題となるのでは、と思っております。

【討論要旨】

# “日本史研究”のコンテクスト

望田朋史(学習院大学)

討論の司会は岩淵令治氏が務めた。総合討論の前に、朴花珍報告に対して渡辺浩一氏(国文学研究資料館)から韓国における日本史研究の課題設定の仕方について質問が出された。アメリカ留学経験者が多い韓国における課題設定へのアメリカの影響を問う渡辺氏に対して、朴氏は、1980年代初頭まで日本史を研究するためには欧米に留学していたが、1988年に開催されたソウル・オリンピックの頃からは、日本に対する韓国人の緊張感も和らいできて、日本への留学者も多くなってきたと述べた。それ以前は、韓国人が日本を学ぶことがタブー視される面があったとして、当時の韓国人が抱いていた緊張感について身近な事例を挙げて説明した。日本への留学による「親日」化や北朝鮮のスパイとの接触が危惧されていた韓国で「反共教育」を受けた朴氏自身も、日本留学中に北朝鮮の研究者に話しかけられた時、あまり返事ができなかった経験があり、また、日本へ留学したものの、日本語が十分理解できず研究室で日本人といつも衝突していた後輩もいたと述べた。

総合討論は、世川祐多氏と米谷均氏のコメントにロナルド・トビ、ギヨーム・カレ、朴花珍の三氏が回答した後、フロアからの質問や意見を交えて展開された。なお、世川・米谷両氏のコメントの中の質問は、司会の岩淵氏から討論の冒頭にまとめて提示された。

世川氏のコメントでは、日本史をそれぞれの母国で研究する意義が問われた。米谷氏のコメントでは多岐にわたる問いかけがなされたが、以下の二点にまとめられた。まず、見られたい美しい像を相互に見せているということについて、どのように考えているのかということ。もうひとつは、「接続された世界史」では、実は簡単に通じ合えるという先入観から陥穽にはまる恐れもあるので、「似た者同士の相互不理解」という前提で、アジアの中の日本あるいは相互関係を考えてもよいのではないかということ。合わせて三つの質問に対して、報告順に回答が求められた。

トビ氏は、研究に国籍は関係ないと述べてから、外国人として日本史を学ぶことの意義を自身の経験を交えて説明した。まず、江戸幕府が1639年に「鎖国」をして外国との関係を絶つと教えていた日本における学校教育を受けていないからこそ、1639年に囚われず、「鎖国」の発令と矛盾しつつも続いていく通信使の問題を追究できると考えて研究を続けてきた経験を述べた。そこから外国人には自国の人には見えない現象を捉えることができる面もあることを指摘して、自身の経験を異国の歴史を学ぶ意義として普遍化した。

カレ氏は、まず、自身の日本研究の動機が好奇心を満たすことにあったと述べた。また、フランスでは、明治天皇を明治時代のプロパガンダのままにピョートル大帝やビスマルクのような英雄的なイメージで見ることが常識であることを指摘して、このようなフランスにおける伝統的な日本像を乗り越えることに研究の意義を見出す。さらに、近年フランスにおいてもポメランツの中国経済史の影響が増大していることに言及して、そこで捨象されている東アジアの近代化過程における日本の役割を追究するために、特に幕末から明治期の日本史研究の成果を広めるのが大事とされ、それが広い視野で現在の世界史の論争に寄与することにもなると述べた。

朴氏は、韓国の中でも特に自身が生活拠点とする釜山の場合、地理的にも近いので日本史を研究する意義は複雑に存在すると述べた。日本へ文化を伝えたと考えられていたが、日帝時代に近代化される時には逆になったという衝撃を指摘する一方、環境面では日本と同じ立場であることを、釜山など南海岸における捕鯨の事例を挙げて説明した。そして、感情的には似た者同士という一面と、近代化した時のショックが併存する韓国特有の問題の複雑さを強調した。

さらにトビ氏から、自国にいながら他国史を研究することには、自国と研究対象国との過去の関係が大きな影響を及ぼすという指摘がなされ、韓・米・仏の順に日本との過去をめぐる関係について以下のように説明が加えられた。韓国の場合、日本研究によって過去の植民地化を克服する必要性と、韓国政府が日本研究に対して何を求めているかという問題があることを指摘した。領土問題は、近現代の国際法では、無所属島であれ、どこかの主権国家の絶対的・排他的領土でなければならないという点に起因するとして、竹島(独島)問題については日本にも韓国にも言い分がないという見解を示した。アメリカの場合、戦後の日本研究をつくった人たちのほとんどが太平洋戦争に携わり、ドナルド・キーンやジョン・ホールのように“日本語屋”として情報機関に所属して、捕虜の聞き取り調査や日記の解釈をしていたことを指摘して、彼らがそこで得た知識が戦後の日本研究を盛んにする原動力になったと述べた。フランスの場合、占領軍にフランスの代表はいたものの、戦後の日本研究者は戦争にあまり関与しておらず、日本研究にアメリカのような占領の意識が反映されることはほぼ無かったと述べた。

続いて、フロアとの質疑応答に移った。

徳田和夫氏(学習院女子大学国際学研究所所長)からは、日本人が日本文化の歴史を知る上で、外国における日本史研究が大変有益であるという指摘がなされた。その事例として、非常に権威主義的であった日本民俗学のフォークロア・スタディーズが、アナール学派の方法論の影響を受けて、民衆レベルの文化現象にまで注目するようになったということを述べた。また、室町時代の説話や物語は東北アジアで共有される存在であること、西洋の聖人伝と日本の高僧伝は全く表裏の関係と見られることを指摘して、文化アイテムを切り口にすると異国研究の意義を問う必要はないと述べた。さらに、トビ報告の関連質問として、「唐人踊り」という言葉は室町時代の貴族や僧侶の日記にも出てくることから、日本人が海を隔てた朝鮮半島の文化や歴史に憧れを持って「唐人」のまねをしていたという見解を示し、日本と朝鮮半島の間で密接な文化交流が行われていたことに言及した。

徳田氏のコメントに対してトビ氏は､「唐人踊り」は、平安時代にも宮廷や貴族の家の中で行われていたことを指摘して、中国や朝鮮に対して憧れを持っていたからではなく、コンテクストの中で捉えるべきであると述べて、以下の二例を挙げた。まず、岡山県の牛窓の唐子踊りを紹介した。朝鮮通信使にヒントを得て作られたという説もあるが、牛窓の人たちは通信使の話を聞いたことがなく、通信使研究で知られた在日朝鮮人の辛基秀氏は、神功皇后の三韓征伐との関係で理解していたという。稚児たちが口上を述べて唐子踊りを奉納するのは疫神社であり、異国・異界である唐から来た病の神に話が通じるのは唐子であるとされる。次いで薬師堂へ行き、薬(治療)の神に訴えて、最後には腰掛岩という大きな岩の前でも唐子踊りを披露する。腰掛岩というのは神功皇后が新羅の王子二、三人を従えてきて、そこに腰掛けて一休みしたということで、神功皇后の話と結びつけられている。もうひとつは、三重県の津の八幡社で行われる唐人踊りと朝鮮通信使行列を紹介した。八幡は神功皇后の子で三韓征伐には胎内にありながら海を渡ったという戦神である。津は通信使が通行しないにもかかわらず八幡社の祭礼で通信使行列が披露され、しかもそのトップの使者は外交官ではなく武将になっている。津は藤堂高虎が整備した城下町であり、高虎は文禄・慶長の役で何百人という朝鮮人捕虜を連れて来ていることから、行列は朝鮮の役での高虎の手柄を再現していると考えられる。この牛窓と津の事例から、唐人踊りは朝鮮への憧れを覚えて行われたのではないことを確認して、その地域の神様・伝承・歴史などを全て考察しないと正しく捉えられないと述べた。

トビ氏の回答を受けて、徳田氏は、憧れというより異国の文化の名前を使っていること自体に意味があるという認識を示した。

森山武氏(マードック大学)からは、言語あるいは史料の制約が大きいことから困難が伴う海外における日本史研究のあり方について意見が出された。日本語能力が必要とされる日本史研究では、優秀な外国人を文科省の奨学金で呼び、東京大学でみっちり訓練を受けさせて母国へ送り返すという既存のプログラムが成功しているといえるが、日本史研究者のダイアスポラを世界中につくって、限られた空間の中で発表しあうということになってしまう傾向があるという指摘がなされた。そして、オーディエンスが誰かということが重要であり、例えば英語圏の場合は「日本史」ではなく「ジャパニーズ・ヒストリー」として如何にして現地のオーディエンスに提供するのかという問題を乗り越えなければならないと述べた。この点について、コネクティブ・ヒストリーや比較史の試みがあるフランスではどのように考えているのかをカレ氏に質問した。

カレ氏は、日本で研究していた頃は最先端の研究という環境の中で、通史的に日本史を扱う必要はなかったが、フランスに帰国後は、日本史の研究発表では基礎知識から始めなければ言いたいことが全然伝わらないという自身の経験から、通史の重要性を指摘した。その上、フランス人は自分の専門分野以外の英語文献をあまり読まないので、通史はフランス語で書かれなければならないと述べた。一方、通史という形では突っ込んだ論述は難しいことから、フランスの学術雑誌にフランス人の学者が日本史関係の論文を書くこと、さらには日本人の歴史学者の論文を直接掲載することが、もうひとつの重要な点であると述べた。また、フランスの歴史学界には論文の形式や書き方の規式があるということに言及した。最近は、これまで歴史学の対象とされていなかった分野に歴史学が開かれるという動きがあるが容易ではないとして、フランスにおいて日本史を伝えるためには、日本あるいは東洋学専門の雑誌ばかりではなく、他分野の歴史学者が読む雑誌で日本史研究者を紹介することも重要であると答えた。

続けてトビ氏から、英語圏の現状について以下のように説明がなされた。日本史関係の論文を歴史学の学術雑誌に提出しても、その論文に欧米史一般の歴史家が関心を持つような問題提起や方法論がなければ却下されるので、日本史関係の論文の多くは日本学かアジア学、つまりエリア・スタディーズの雑誌に掲載される。結果的に、日本史の論文は欧米史の歴史家の目に留まりにくい。また、外国人が日本史を研究した成果を日本語で発表あるいは活字にするという事例は、40～50年前までは非常に少なかったと述べ、自身の経験を披露した。トビ氏が日本語で書き始めた当時、アメリカの大学では評価されず、昇進に待ったがかかった時の評価委員長には、日本語論文は読めないので評価の対象外だと言われたという。その委員長はブラジル史の研究者でありポルトガル語論文を多数執筆していたので、ヨーロッパの言語で書けば評価されていたという思いも吐露した。このようなマイナス面を顧みず来日して、日本人と一緒に史料に触れて、議論をするようになった外国人研究者には、日本人の日本史研究者と対話するために、日本語で発表する義務があり、それは外国人研究者を育ててくれた日本人研究者に対する最低限の恩返しであるという意見も述べた。若手が日本語で書いたり、自分の研究を和訳してもらって発表したりすることが、現在では非常に多くなってきたことに言及して、この現状を日本史の国際化、あるいは相対化のプロセスのひとつとして位置づけた。

渡辺浩一氏からは、グローバル・ヒストリーへの関心が高まり、日本語のできない歴史研究者が、英語の日本史研究を読んで論文を書くことがかなり増えてきているという指摘がなされ、日本史研究の国際化の必要性について以下のように意見が出された。日本における日本史研究は世界最高の実証水準であっても、ほとんど英語では書かれないために、日本語がわからない歴史研究者にとって存在しないも同然になっていることは非常に残念であり、このままで良いとは思えない。また、研究水準が高くても、国や地域により歴史研究が抱えている課題が違うので、そのまま英語にしてもおそらくあまり読まれない。日本語圏の日本史研究は、同じ時代の研究者でも分野が違えば理解できないほど個別細分化が進んでしまっている。最後に、このような日本語圏の日本史研究の現状は、研究の進行上やむを得ない面もあるが、かなり危うい状態にも思えると述べて、海外の日本史研究者はこの現状をどのように見ているのかと質問した。

朴氏は、韓国の日本史研究者には日本における日本史研究をそのまま鵜呑みにしてはいけないという考えがあると回答した。隣国として色々な問題があるので、日本の研究を、フランスのようにそのまま紹介するべきというのではなく、受け入れる前に確認した上で、韓国の立場で日本史研究を進めるべきであるという考えである。日本人による研究成果を、そのままではなく韓国の立場で見直し、プリズムを通すというのは、様々なエゴが複雑に絡む問題もあり、自身も含めて日本留学経験者たちは、葛藤しながら日本史への接近を模索していると述べた。

トビ氏は、日本における日本史研究の現状について、問題点をふたつ指摘した。ひとつは、例えば、ある宿場町に残っている帳簿を整理して、その宿場町の駕籠舁きの賃金に焦点を絞った論文のような、実証的ではありながらもタイト・フォーカスの研究が非常に多いということを指摘した。日本史の論文を活字にする場の多さも関係しているとして、月刊の学術雑誌が多い上に、地域の季刊誌などもかなりの数に上るので、巨視的な研究や比較史研究もあるとはいえ、非常に細かい論文も大量に書かれなければ誌面が埋まらない現状を問題点として挙げた。もうひとつは、日本人は日本人歴史家同士の共通認識あるいは予備知識を前提に書いているが、その前提を共有しない非日本語圏の学者には理解できないので、想定享受者を考えた上で、その想定享受者が共有するディスクールの中で書かれなければならないと指摘した。世川氏の場合はフランス語、森山氏の場合は英語というように、異国で研究するにはその国の言語で研究成果を発表することが重要であるとも述べた。

これに対して森山氏からは、学術雑誌のランキングも重要であるという指摘がなされた。

トビ氏はさらに続けて、日本史を一切知らない人の関心を引くような提供の仕方も考える必要があると述べた。実証主義的な個々の事実の追究は当然として、そのほかに方法論や説明の仕方、議論の運び方も大事であるという認識を示した。英語を母国語とする人を想定読者に考えていた学位論文「近世日本の国家形成と外交」が翻訳された時に、それを痛感したと述べ、英語はS(主語)V(動詞)O(目的語)であるのに対して、日本語はS(主語)O(目的語)V(動詞)であるという言語学的な違いに由来する問題点を具体的に説明した。

このように使用する言語も十分に考える必要があることから、日本人に対して語りかける場合は翻訳してもらうのではなく、中途半端でも自分で日本語を書いて、ネイティブ・スピーカーにひどいミスがないか確認してもらうことにしていると述べた。

カレ氏は、日本史の知識の世界的レベルでの拡大には、外国人の日本史専門家の努力だけでは限界があり、日本の学者からの働きかけも必要であるという認識を示した。フランスの場合、日本の歴史家に対する期待は大きく、国際シンポジウムで日本史の発表者を紹介してほしいという依頼も多いという。英語の堪能な日本人歴史家については、あちこちの国際シンポジウムで自分の研究成果を広く宣伝でき、また歴史学の世界的な潮流もよく知っているので、それに合わせて自分の研究のレトリックも作り出すことができると述べた。そして、日本の歴史家の研究成果の評価は、レトリックに左右される面も大きいという見解を示し、もう少し世界を見据えた歴史学教育が学部レベルから必要ではないかと提言した。また、フランスにおける日本史研究は歴史学界から隔離された環境に置かれているのに対して、日本では逆に西洋史研究の伝統があり、幅広く研究されていることを指摘した。それでも日本では西洋史研究の成果が直接的に日本史研究、特に近世史研究に影響を与えているとは必ずしもいえないこと、日本近世史の専門家が同僚の西洋史研究を知らないことを不思議に思っているとも述べた。最後に、日本の大学について、教育・研究機関としてフランスよりも国際化できる環境が整っているという認識を示し、今後の課題として、現在も残るかつての国史教育の伝統を多少とも改革していく必要があると述べた。

トビ氏からも、日本の大学について補足意見が出された。例外はあるが、日本の大学では東洋史・西洋史・日本史と分かれていて、「歴史学科」がないのが普通であるという指摘がなされ、最近は環日本海の研究が流行っているにもかかわらず、中国史や朝鮮史を一切学ばなくても日本史の学位を取れることに疑問が呈された。また、フランスにおいても日本史を歴史学として扱うのか、あるいは東洋学の一環として扱うのかという問題があることを述べて、このような問題を克服するために、「史」が付く専攻を横断する方法論ゼミを必須科目とすることを提言した。

最後に司会の岩淵氏は、史学概論や方法論の授業を設けている大学もあるが、日本史・西洋史・東洋史が分かれていて交流が少ないということは確かにその通りであろうと述べて、討論は終了した。

以上の討論を拝聴した筆者自身の感想を最後に記して、稿を閉じることをお許し願いたい。

トビ氏・カレ氏・朴氏が自らの研究履歴を踏まえて述べた日本史研究のあり方を聞いて、筆者は、遅塚忠躬が『史学概論』(東京大学出版会、2010年)で繰り返し語る「ソフトな科学としての歴史学」を三氏は実践し続けてきたのであろうとの印象を強く抱いた。遅塚は、「歴史学が、研究者の個性(好み)や着想(想像力)を活かし、それぞれの創意工夫を生かす余地の非常に大きい、ソフトな学問」であることを力説する。しかし、それは決してルースだということではない。日本の学校教育を受けていないからこそ追究できると考えたトビ氏の近世日朝関係史研究、ステレオタイプ化された日本像が根強いフランスにおいて、好奇心の充足を動機として始まったカレ氏の日本研究、日本留学時代の緊張感を経験した上で釜山を拠点とする朴氏の地域史研究、その何れも日本人研究者にはない個性と着想を持つことは自明であろう。

フロアからは、グローバル・ヒストリーへの関心の高まる中、日本史研究の国際化の進め方について現状を憂える意見も出されたが、学術成果の想定享受者や議論の運び方を考えて発信する必要を強調したトビ氏の提言は、非日本語圏への発信のみを念頭に置いたものではなく、日本国内において個別細分化が進む日本史研究の現状全般に敷衍することもできよう。この提言のみならず、カレ氏が言及した研究発信におけるレトリックの重要性、複雑な問題がありながらも葛藤しつつ研究を進めてきたという朴氏の発言も含めて、自分への激励と受け取ったのは筆者だけではあるまい。

# 第 2 部

# 世界文学としての日本文学

# 世界文学としての日本文学

伊藤守幸(学習院女子大学)

## 1　国際研究集会開催に至る経緯

本書は、二つの研究分野の論考から成るが、「序」にも記したように、複数の分野を内包するこうした形式の論文集は、海外の日本研究においては一般的なものである。その意味で、これは国際的視座に近い立場からなされた編集とも言えるわけだが、本書の元になった研究集会の準備段階において、そうした狙いは、まだ明確に定められていたわけではなかった。それどころか、実際のところ、そこには偶然的要因も作用していたのである。

本書の元になった研究集会は、「日本文化研究と国際文化交流」という総合テーマを掲げた3年計画のプロジェクトの一環として実施されたものである。その研究プロジェクトの主な担い手は、学習院女子大学国際文化交流学部日本文化学科の6名の教員であり、その6名が、それぞれの専門分野に応じてプロジェクトテーマにふさわしい国際研究集会を立案し、毎年2回ずつ計6回にわたって研究集会を開催することが、このプロジェクトの中心的事業として予定されていたのである。

日本文学を専門とする筆者は、初年度(2015年)の秋に「世界文学としての日本文学」という国際研究集会の開催を予定していたが、当初計画された研究集会は、基本的に日本文学研究に的を絞ったものであった。大学に提出した初年度の事業計画には、「「世界文学としての日本文学」というテーマの下、国内外の専門家による国際研究集会を実施する。そこでは、古代から近世まで、日本の代表的古典作品を幅広く取り上げながら、翻訳の問題も絡めた包括的考察に基づく作品分析（比較研究）を行い、世界文学としての日本文学の価値を再評価する」と、研究集会の目的が説明されていたのである。この計画は、その後、近代の作品にまで対象を広げた、より大がかりな研究集会として2日間にわたって実施されようとしていたのだが、開催予定日まで1カ月余りという時点で、企画・運営を担当する筆者の緊急入院という事態が出来したため、中止の止むなきに至ったのである。

退院後、3カ月余りのリハビリテーションを経て職場復帰は果たしたものの、大規模な研究集会を主宰することなど到底不可能だと思われたので、この企画の実現は諦めかけていたのだが、そんな折りに岩淵令治氏から、次年度の国際研究集会に関して、日本史研究と日本文学研究のシンポジウムを、日替わりで連続して開催することはできないかという提案が寄せられたのである。これは大変ありがたい提案だった。土曜と日曜の研究集会を、責任を分担して運営するということであれば、負担もそれほど大きくないだろうから、何とか開催できるのではないかと思い直し、内容も練り直して、基調講演と英訳『更級日記』（1060頃成立。英訳本の詳細については後述）に関するシンポジウムの組み合わせという、ごくシンプルな形の研究集会を再組織したのである。当初の計画において発表を引き受けていただいた方々には、その計画が幻に終わってしまったことで大変ご迷惑をおかけすることになったが、筆者の体調への配慮を優先させてもらうことにして、何とかコンパクトな研究集会の開催に漕ぎつけたのである。

さて、そんな紆余曲折を経て開催に至った研究集会であるが、確かに当初計画に比べて集会の規模は縮小されたが、発表者の人数を絞り込んだ結果、講演からシンポジウムまで、すべての研究発表が、日本語を母語としない研究者によるものとなったのである。これは、外部の視座から日本文学の再評価を試みるという意味では、論点の明確化につながったのではないかと考えている(それは今にして思えば、文字通り怪我の功名だった)。

## 2　研究集会の概要

以下、発表者の紹介も兼ねながら、国際研究集会第2部「世界文学としての日本文学」の概要に触れておきたい。その際、「世界文学における更級日記——新訳の国際的評価をめぐって」と題するシンポジウムについては、本書所載の論文が、いずれも口頭発表時の内容を踏まえた形でまとめられているので、ここでの紹介は簡単なものにとどめたい。それに対して、郭南燕氏(国際日本文化研究センター)の論文は、基調講演で語られた内容との間に重要な差異が認められるので、まずはその点について説明しておきたい。

2016年10月2日、「世界文学としての日本文学」と題する国際研究集会は、郭南燕氏の基調講演「世界に開かれた日本文学——宣教師と名文家」によって幕を開けた。

講演の副題の「宣教師」とは、イエズス会宣教師ヘルマン・ホイヴェルス神父(1890-1977)のことであり、「名文家」は志賀直哉(1883-1971)である。それに対して、本書所載の郭氏の論文の題目は、「宣教師ホイヴェルスの日本語文学——「世界文学」の精神を考える」となっており、基調講演の題目に存在した「名文家」が抜け落ちている。これは単に題目だけの問題ではなく、本書所載論文においては、志賀直哉の話題はまったく登場しないのである。こうした改変がなされたのには当然理由があるのだが、それは、以下のような事情によっている。

基調講演とシンポジウムの組み合わせというシンプルな形で研究集会を開催することを決めた後で、講演者の人選に迷っていたところへ、たまたま郭氏の著書『志賀直哉で「世界文学」を読み解く』(作品社、2016. 3)が届けられたのである。その内容を確認して、「世界文学としての日本文学」というテーマの講演者にふさわしいと判断し、直ぐに連絡を取ったところ、既刊の著書と同じ内容の発表を行うよりも、現在、外国人宣教師による日本語文学に関する論に取り組んでいるので、そちらのテーマで発表してもよいかという提案があり、その提案に対して、「それならば、講演では両方のテーマを取り上げてください」と即答したのである。

上海で生まれ育った郭氏は、その後、日本、カナダ、ニュージーランド、そして再度日本へと居を移しながら、自然環境や言語環境と人間の生き方の関係について、息長く思索を続けている研究者である。その思索は、文学の内部にとどまらない視野の広さを有しているのだが、『志賀直哉で「世界文学」を読み解く』という著書においては、そんな著者自身の歩みに裏付けられた思索の深まりが、志賀直哉の自然観・言語観に対する理解を深めていることが読み取られるのである。郭氏への講演依頼に際して、筆者が上記のように即答したのは、この機会に、志賀の作品や思想に対する氏の読みの深さについて、研究集会の参加者にも知ってもらいたいと願ったからである。

そんな筆者の希望に応じる形で、基調講演では二つのテーマに論及した郭氏だが、既刊本との関係から、本書の論文からは、志賀直哉関連の話題は除くことになったのである。基調講演の全容を知りたい方は、郭氏の著書に目を通していただければ幸いである。

ちなみに、基調講演のうち、ホイヴェルス神父に関係する部分についても、その後、同じ問題を扱った論考が、郭南燕編著『キリシタンが拓いた日本語文学』(明石書店、2017. 9)の第2部に、「ホイヴェルス脚本『細川ガラシア夫人』——世界文学へのこころざし」と題して収録されているが、本書所載論文では、「日本文学」とは何か、「世界文学」とは何かという観点から、筆が加えられている。

なお、当日この講演を聴いた多くの日本人にとって、ヘルマン・ホイヴェルスという名前は耳慣れぬものだったと思われるし、志賀直哉にしても、彼を単に「名文家」として理解している人たちには、外国人による異化された日本語に特別な関心を寄せ、日本語そのものに対しても独特の距離感を保持する志賀の姿勢は、新鮮な驚きをもって受け止められたようだ。講演後に、予定の時間を超えて活発な質疑応答が続いたことが、この講演が如何に刺激的なものであったかを雄弁に物語っている。

さて、引き続き後半のシンポジウムに触れておくが、先述したように、シンポジウムの発表者による論文は、基本的に口頭発表の内容と大きな違いは認められないし、討論の内容についても福家俊幸氏によって的確に整理された記録が載せられているので、それらの文章によって、シンポジウムの全容は、具体的かつ正確に把握できると思われるので、以下の紹介文はなるべく簡潔に記すことにしたい。

シンポジウムで取り上げられたのは、近年公刊された英訳『更級日記』(“*The Sarashina Diary : A Woman's Life in Eleventh-Century Japan*” Columbia University Press, 2014, translated by Sonja Arntzen and Ito Moriyuki)である。シンポジウムは、パネリスト3名による発表がまず行われ、引き続き討論に移るという流れであった。最初に登壇したのは、ソーニャ・アンツェン氏(トロント大学名誉教授)で、発表題目は「新訳に対する批評的意見:刊行後2年間の書評を中心に」だった。そこでは、翻訳者のひとりであるアンツェン氏が、『更級日記』の新たな英訳に取り組んだ理由を説明することから始めて、新訳の提示した新しい解釈が、読者にどのように受け止められたかという問題について、新訳刊行後の2年間に公表された多くの書評を検証することによって明らかにしている。ちなみに、平安文学の研究者であるアンツェン氏は、日本古典文学の翻訳者としても知られており、一休宗純(1394-1481)の『狂雲集』(“*Ikkyu and the Crazy Cloud Anthology : A Zen Poet of Medieval Japan*”University of Tokyo Press,1987)と『蜻蛉日記』(974頃成立。“*The Kagero Diary : A Woman's Autobiographical Text from Tenth-Century Japan*” University of Michigan Press,1997)という、翻訳対象としてはかなりの「難物」と思われる作品を相手にして、長い時間をかけて翻訳を完成している。

続いてリチャード・バウリング氏(ケンブリッジ大学名誉教授)が、「WHAT'S IN A TITLE? 題とは何か」と題する発表を行い、発表題目そのままに、日本文学の歴史において、作品の題名や著者名はどのように位置づけられてきたのかという根源的な問題提起を行った。バウリング氏もまた、『紫式部日記』(1010頃成立。"*Murasaki Shikibu: Her Diary and Poetic Memoirs* "Princeton University Press,1982,"*The Diary of Lady Murasaki*"Penguin Classics,1996)の翻訳者として知られている。ただし、近年の氏の関心は、江戸時代の儒学に向けられており、今回パネリストとしての参加を依頼した際にも、平安文学研究からは長く離れているので、最近の研究動向には疎いが、それでもよければという条件付きで引き受けていただいたのである。ただし、氏が(おそらくは意図的に)近年の研究動向と異なる立場から発言されたことによって、『更級日記』をめぐる共同討議は、明らかに活性化されたのである。

最後の登壇者は、阿仏尼研究、"*Rewriting Medieval Japanese Women: Politics, Personality, and Literary Production in the Life of Nun Abutsu*"(University of Hawai'i Press,2013)の著者として知られるクリスティーナ・ラフィン氏(ブリティッシュ・コロンビア大学)である。「世界文学と日本――更級日記の位置と英訳」と題する氏の発表は、「世界文学」という概念の意味や従来の「比較文学」と「世界文学」の差異、更には、「世界文学」の内部に日本文学をどのように位置づけるかという問題と絡めて翻訳の問題にも論及している。「世界文学」という概念の新たな意義を問うラフィン氏の発言に対しては、共同討議の場で、バウリング氏から、「世界文学というコースはイギリスの大学にはない。北米のものだろう。(中略)世界文学という言葉は聞いたこともなかった」という刺激的な問いが投げかけられ、ラフィン氏が、北米では、「世界文学の概念は、どんどん広がり、最近では惑星、さらに惑星を越えてなどと言われている」と切り返して、会場がどよめく場面があった。「惑星文学」という言葉が、アメリカにおいてどのように用いられているかは寡聞にして知らないが、ラフィン氏の発言や本書所載論文によれば、この言葉(概念)によって、従来の「世界文学」に内在するヨーロッパ中心主義を乗り越える方途が探られているようだ。ラフィン氏の口から飛び出したこの言葉は、会場の人たちと同様、筆者の胸にも強く響くものがあったのである。そこで最後に、いささか「よしなしごと」めくかもしれないが、「惑星文学」という言葉から触発された思いを記すことで、第2部イントロダクションの結びに代えることにしたい。

## 3　言葉は時空を超えて

これまで筆者は、中東とヨーロッパの4カ国の大学で、客員教授として講義を行っている。中でも2006年にヨルダン大学から招かれた際に与えられたミッションは、文学部英文学科の学生を相手に、「世界文学」と題する講義の中で『源氏物語』について講じてほしいというものであった。当然テキストは英語版“*The Tale of Genji*”であり、使用言語も英語である。「世界文学としての日本文学」という課題に、最も切実な形で直面したのはこのときだったと思うが、ラフィン氏の「惑星文学」という言葉を耳にした瞬間に、筆者の脳内で弾けた思いは、2006年を飛び越えて、遥か彼方まで飛んで行ってしまったのである。

話は、1968年12月まで遡る。この年は、多くの日本人にとって、「世界文学としての日本文学」という問題を強く意識させられた年だったはずである。なぜなら、日本人作家が初めてノーベル文学賞を受賞したのが、この年だったからだ。当時、14歳だった筆者は、1968年12月10日のストックホルムでの式典やその後の受賞記念講演の模様を伝える報道に接しながら、ある種の違和感を拭えなかったことを記憶している。その違和感が何に起因していたかと言えば、受賞者の名前が川端康成(1899-1972)であることと、ノーベル賞の選考委員が作品を英訳で読んでいるという事実によっている。これがもし、受賞者が三島由紀夫(1925-1970)であったなら、こうした違和感は生じなかったのではないかと思う。繊細微妙な表現を特徴とする川端作品の場合、翻訳によって失われるものが大きいのではないかという疑念を払うことができなかったのである(もちろん川端作品の英訳など読んだことはなかったのだが)。

文学的人生の入り口で、そんな違和感を経験した少年が、長じて後、『更級日記』の英訳に10年の歳月を費やすことになるというのは、皮肉な顛末と言えるかもしれないが、むしろ早くからあのような違和感を自覚していたからこそ、翻訳という仕事に真剣に取り組むことができたのではないかと、今は考えている。

ところで、ラフィン氏の「惑星文学」という言葉のインパクトがもたらしたものは、実は川端康成のノーベル文学賞受賞に関する記憶ではない。同じ1968年12月に起こったもうひとつの出来事が、「惑星文学」という言葉から連想ゲームのように惹起されたのである。それは、宇宙から届けられた写真である。「地球の出」(もちろん「日の出」「月の出」に対応する造語だ)と称されるその写真は、月の地平線上に浮かぶ地球の姿をとらえたものであり、今日に至るまで「史上、最も大きな影響力を持った写真」として評価されているものだ。月の周回軌道からこの地球の姿を撮影したのはアポロ8号の宇宙飛行士たちであり、それは1968年12月24日の出来事だった。そして、この写真が「史上、最も大きな影響力を持った写真」と評される所以は、それが、人類が初めて「地球の出」を目撃した瞬間に撮影された写真だからであると同時に、12月24日に撮影されたその写真が、まるで宇宙からのクリスマスプレゼントのように、その後、世界中の新聞や雑誌の紙面を飾り、見る者に深い感銘を与えたからである。

ある朝、新聞紙上にこの写真を見た瞬間の驚きは、今も記憶に鮮明である。そこには大きな月(衛星)の上に小さな地球(惑星)が浮かんでいる光景が写されていたので、この写真を見るということは、地球人にとって、まさしくコペルニクス的転回を経験することであったのだが、写真を見た瞬間には、そんなことは何も考えられず、ただその美しさに息をのむばかりだった。アポロ8号の船内の様子はテレビを通じて逐一報道されていたが、そのぼんやりとした映像によっては、写真を撮影した飛行士がなぜあんなに興奮していたのか、その本当の意味を理解するのは難しかったのだ。そんな低画質の映像に隔靴掻痒の感を有していた人たちにとって、解像度の高い、色彩感の豊かな写真のインパクトは、実に衝撃的なものがあったのだ。おそらく世界中で、この写真を目にした人たちは、同じように息をのんだに違いないのである。

月の向こう側から見る地球とは、こんなにも儚く美しいものなのか、と。

「地球の出」を初めて見た瞬間、あなたは何を思ったかという問いを立てて、世界各地を取材して文芸創作を試みるならば、「惑星文学」と呼ぶにふさわしいテーマが発見されることだろう。人が「地球の出」を目の当たりにして感じること、思うことは、国境とは無縁なはずだからだ。あの儚くも美しい小さな惑星を前にしては、ヨーロッパ中心主義もアメリカ中心主義も、無意味な戯言と化してしまうだろう。

「惑星文学」の定義はどうであれ、1968年に撮影された「地球の出」という写真が、そうした発想の淵源に位置することは間違いないと思われる。あの写真に触発された芸術家・思想家・政治家たちの言葉を見るにつけ、またその後の地球環境問題に対する各国の取り組み方に照らしても、世界中の新聞紙上に「地球の出」が掲載されたあの日、地球人の意識は確かに変容したと言えるのである(最後の一文は、変容の瞬間を知らない、現在、50歳以下の人たちのために敢えて記した)。

ところで、1968年の出来事として、最後にもうひとつ触れておきたいことがある。それは、同年の2月4日に、ザ・ビートルズの“*Across the Universe*”がレコーディングされたことである。といっても、この作品は録音後1年以上も公表されなかったので、2月4日の意味を知る人もほとんどいなかったのだが、この録音の日時を多くの人が知ることになったのは、2008年2月4日に、NASAが、この曲のレコーディング40周年を記念して、デジタルファイルに変換した“*Across the Universe*”を、北極星に向けて送信するというプロジェクトを実行したからである(太陽系外との交信用に開発された装置を利用したこのプロジェクトは、NASAの創設50周年記念事業でもあった)。

“*Across the Universe*”の事実上の作者はジョン・レノンだが、「紙コップに小止みなく降り注ぐ雨のように言葉が溢れ出して／滑るようにすり抜けて宇宙を渡って行く」という、秀逸なイメージによって書き起こされたその詩は、全体として実に含蓄の豊かな作品となっている。ただし、含蓄が豊かすぎて解釈を定めることの困難な作品でもあるのだ。“*Across the Universe*”という題名にしても、色々と解釈の余地はありそうだが、NASAの関係者は、これを「宇宙を横切って」と解釈して、そんなタイトルの詩を、字義通り「宇宙を横切って」北極星まで届けようとしたのである。遊び心に満ちた企画と言えよう。そして、NASAのホームページに掲載されたヨーコ・オノの言葉を見ると、このプロジェクトの遊び心を彼女も楽しんでいるようである。

> I see that this is the beginning of the new age in which we will communicate with billions of planets across the universe.

「宇宙を横切って、無数の惑星と交信する新しい時代の始まり」とは、余りにも夢想的な言葉だが、2008年2月4日以降、ジョン・レノンの詩が、光の速さで北極星を目指して飛び続けているのは、紛れもない現実である。遠い宇宙の果てで、もし何者かが“*Across the Universe*”という詩の意味を理解することがあれば、そのときジョン・レノンは、人類初の「銀河系文学」の作者ということになるのだろうが、その可能性が限りなくゼロに近いのも事実である。

2018年現在、ジョン・レノンの詩は、すでに太陽系から10光年以上離れた宇宙空間を飛び続けているが、目的地の北極星に到達するのは今から420年後である。しかも、おそらくそこに読者は存在しないのだ。読者の存在を期待できない宇宙空間を、ジョン・レノンの詩が、光の速さで430年の長い旅を続けているというイメージは、言語や文学・文化の継承という問題について、色々なことを考えさせてくれる。

430年後の未来について考えるのは途方もないことのようだが、それを途方もないと感じるのであれば、翻ってたとえば日本文学の場合、紫式部や菅原孝標女の言葉がいつ発信されたのかと考えれば、1000年の長きにわたって、彼女たちの言葉が、ほぼ元の姿と変わらない状態で現在まで伝えられているということが、如何に途方もない僥倖であるかが分かるだろう。日本文学史を繙けば、遠い過去から伝えられた多くの作品が存在することが知られるが、それらの作品は、言うまでもなく日本語の世界で大切にされてきたからこそ、今日まで伝存し得たのである。そして、そんな日本文学史上の宝物のような作品を、世界の共有財産にしようと考えるとき、そこに翻訳の問題が介在することになるのである。

先に川端康成の場合、英訳によって失われるものが多いのではないかという疑念を記したが、確かに翻訳によって失われるものはある。しかし、一方で、翻訳によって付け加えられるものもあるのだ。どこの言葉であれ、言葉はそれぞれにコノテーション(含意)を有するから、翻訳を通じて、原典に対して、英語的含蓄や日本語的含蓄が付加されるという事態は、避けがたく生じるのである。その含蓄は余計なものだが、避けることは困難である。翻訳において、それは逃れ難い事態だというのが、『更級日記』の英訳に携わって得られた、諦念めいた実感である。結局のところ、翻訳には「唯一の正解」など存在しないのだ。著者自筆の原典という唯一の正解を求める本文研究などと違って、翻訳という仕事は、結局、新たな「異本」を生み出すことになるのだ。ただし、翻訳を通じても、客観的事実に関して正確な情報を伝えることは可能であるし、多くの含意の中からなぜこの意味を選んだかといった事柄を説明することも可能である。そのためには、丁寧な注や解説を付すことが、有効な補助手段となる。そして、そうした注や解説の作成に関しては、日本人研究者の関与できる余地も大きいのだ。我々の英訳『更級日記』には、英語圏の専門家と日本語圏の専門家が、膝詰めで協力しながら仕事を進めることの利点がよく示されているはずである。

今、翻訳は新たな「異本」を生み出すと述べたが、多くの読者に愛される作品が、多くの異本を持つのは当然である。古代〜近世を通じて、『源氏物語』には多くの写本が残されているが、翻訳に関しても、『源氏物語』には、すでに有力な3種類の英訳が存在するのである。『蜻蛉日記』や『更級日記』も2種類の英訳を持つことになったが、こうした形で(翻訳という名の)異本が増え続けるのは、それだけ日本古典文学に関心が向けられていることの証左であるから、望ましい事態と言えよう。

ただし、これは日本に限った話ではないはずだが、近年、人文学は軽視されがちである。そのことと連動するように、人々の読書量の減少も顕著である。日本では、最近、大学生の読書時間がゼロに近づいたことがニュースで取り上げられてもいた。世界中で読書量の減少が続けば、翻訳活動も不活発になり、世界文学も痩せ細って行くだろう。その先にどんな未来が待つのかは想像したくもないが、仮に今から850年後、"*Across the Universe*"に対する返信が北極星方面から届いたとして、宇宙人からのメッセージの解読以前に、多義的で複雑な味わいを持つジョン・レノンの詩を理解できる人間が、地球上に存在しないということにでもなれば、文学に関わって生きて来た者としては、それこそ最悪の未来図であると思われる。そんな事態を招かないためにも、世界文学がより豊かなものとなることを願っている。

最後に(but not least)、国際研究集会「日本研究の現在(いま)」の開催、及び本書の作成にご協力いただいたすべての関係者に、心からの感謝を捧げて結びとしたい。

# 宣教師ホイヴェルスの日本語文学
## ──「世界文学」の精神を考える

郭 南燕（国際日本文化研究センター）

### はじめに

「日本文学」とは何だろうか？

『日本国語大辞典』（小学館、2007年）によれば、それは「日本の風土、日本人の国民性などに根ざした日本人特有の文学。国文学の称が古典意識に傾斜しているのに対して、なお広く近代・現代文学まで総合的に包括する称。大正中期頃から流入してきた世界文学の概念に対して普及してきた概念」という定義がある。つまり、日本人に関して日本人が日本語で書いた「日本文学」は、西洋を中心とする「世界文学」から区別されたものである。

しかし、年表類においては日本文学も「世界文学」に編入されている。たとえば、小島輝正編『年表世界の文学』（創元社、1972年）は、古代から現代まで日本の作品を、世界各国の作品とともに年代順に列挙している。また、特定のテーマを中心とする辞典も世界と日本を並列することがよくある。たとえば『世界・日本キリスト教文学事典』（遠藤祐ほか編、教文館、1994年）や『世界・日本児童文学登場人物辞典』（定松正著、玉川大学出版部、1998年）がある。

事典類に「世界文学」の一つとして「日本文学」がはっきりと現れたのは、管見では1980年代以降だろうと思う。1983年の角川書店出版の河盛好蔵監修『ラルース世界文学事典』においては、「インドの文学」、「中国の文学」、「朝鮮の文学」に次いで「日本の文学」も登場し、古代から現代までの名作が紹介されている。これはフランス語原文の事典の日本と中国の部分を、日本人の研究者の「書き下ろし原稿によって全面的にさしかえ、さらに原典ではほとんど触れられていなかった朝鮮、アフリカの文学も新たに執筆、増補した」[1)]という斬新な方法で執筆、編集された「世界文学事典」である。

さらに『朝日百科世界の文学』(2002年)の合計13冊は、ヨーロッパは5冊、日本は3冊、南北アメリカは2冊、中国は1冊、アジア・アフリカ・オセアニアは1冊、索引・目次は1冊、という配分であり、日本の占める量は全体の4分の1である。写真・絵画・漫画をふんだんに散りばめたこの百科事典は読みやすいし、日本文学を世界文学の一員として印象づける意義がある。

「世界文学全集」という文学シリーズは、「世界文学」といえば、日本以外の外国の文学を意味するが、近年出版された池澤夏樹個人編集の「世界文学全集」(河出書房新社)の第3集第4巻には石牟礼道子の『苦海浄土』(2011年)が収録されたことは画期的だといえよう。

今日、海外の人々にとって日本文学は当然「世界文学」の一つであり、日本人にとっても日本文学は、あるゆる国を含む「世界」の文学の一つとして考えることは不思議なことではなくなってくる。

では、「世界文学」はただ世界の文学の寄せ集めなのだろうか。いろいろな言語に翻訳されて、世界で広く読まれている文学だけを意味しているのだろうか。そもそも「世界文学」とは何だろうか。

「世界文学」という言葉は、普通はゲーテが1827年に初めて提起したものと思われているが、実際はそれより前にすでに使われたことは、ドイツの研究者ヴォルフガング・シャモニ氏の論文「「世界文学」——ゲーテより半世紀も前に初出していた語」によって明らかにされている[2)]。氏の考察によれば、ドイツの啓蒙主義の代表的歴史学者でゲッティンゲン大学教授のアウグスト・ルートヴィヒ・シュレーツァー(1735-1809)が1773年の著書『アイスランドの文学と歴史』において、Weltliteratur(世界文学)という用語を初めて使った。

すなわち、アイスランド文学は「アングロサクソン、アイルランド、ロシア、ビザンチン、ヘブライ、アラビアそして中国の文学と同じほど世界文学全体にとって重要であり、またそれらと同じほどまだ一般には知られていないのである」という文脈において使われたのである（下線は引用者、以下も同）。

シャモニ氏は、シュレーツァーのもつ「文学」概念は、文芸と学問を一つのものとして、「洗練された」諸文学を総括して「世界文学」と呼び、アイスランドの文学を「中世ヨーロッパとの多様な接触の結果として生まれたもの」としていた、と分析している。そして、シュレーツァーが「世界文学」という概念を提起できたのは、当時のゲッティンゲン大学が珍しく「世界」に開かれた大学で、シュレーツァー自身がフェニキア史、スカンディナヴィア史、ポーランド史、ロシア史の研究を、スヴェーデン語、ロシア語、ドイツ語、そしてラテン語で発表した「驚くべく幅広い歴史、また言語の知識」の持ち主で、彼の「全世界に向けられた好奇心が文学の分野」にもおよび、この用語を作り出したのだ、と示唆してくれている。

シャモニ氏は、シュレーツァーのいう「世界文学」は「足し算的」で「いかにも単純」であるのに対して、その半世紀後にゲーテの提起した「世界文学」は、「現在、そして将来に発展する、グローバルな文学者の交流と文学作品の相互交換の過程をさす」ものだと指摘し、氏自身の「世界文学」への期待を次のように述べている。

> これから必要なのは、世界中の文学テキストの形式上と機能上の驚くべき多様性、と同時に個別の領域を越えて広い地域にわたる文化的パターンやジャンルの共通性への、又、近代的国家成立以降、多様性が弱くなっているとはいえ、もともと殆どすべての地域文化が多言語・多文化であるという事実への巨視的なまた総合的な観察、つまりシュレーツァーのいう「力あるまなざし」であろう。

私もシャモニ氏のその期待に賛成し、いかに「多言語・多文化であるという事実への巨視的なまた総合的な観察」を可能にすべきかについて考えてきている。

## 1 「世界文学」の精神とは？

シュレーツァーよりは半世紀後になるが、ゲーテのいう「世界文学」ははっきりと定義されていないため、その意味についてはいまだに議論され続けている。しかし、ゲーテの言説を総括すれば、定義そのものではなくても、そこに込められた理念を見ることができる。

まず、潮出版社刊の新装普及版『ゲーテ全集』(第13巻)は、「世界文学」に言及したゲーテの数々の言葉を収録している。その重要点を五つにまとめることができる。

1. 「普遍的世界文学」が形成されつつ、すべての国民がドイツ人に目をむけているため、ドイツ文学は「国民の内面を徐々に明るみに出」していくこと。
2. ドイツ人は自惚れに陥らず、「外に目をむけ」て、世界文学の時代」の到来を促進すべし。
3. 「個々の人間や個々の民族の特殊性」にある「真に価値あるもの」は「人類全体のもの」になれば、際立ってくる。
4. 文学者は「愛情と共通の関心によって共同で活動する契機を見いだ」し、「自由な精神的交易」に参加すべし。
5. 「諸国民がすべてにたいするすべての関係を知」れば、「普遍的世界文学が生れ」てくる[3)]。

しかし、この5点はまだ曖昧である。私は「世界文学」よりも、ゲーテの目指した「世界文学」の精神について、拙著『志賀直哉で「世界文学」を読み解く』(2016年)において次の様に解釈している。

a. 透徹な観察を行い、物事の本質を反映する文学
b. 他国の言語と文学に親しみ、広い視野をもつ文学者
c. 特殊から普遍へ、刹那から永遠へ、という文学的効果
d. 高尚な読書趣味を育て、人類の知性を進歩させる文学的努力[4)]

このように「文学」「文学者」「文学的効果」「文学的努力」という四つの側面からの考察は、作家の国籍と使用言語によって分類されてきた国別の名作の寄せ集めという「足し算」的な考えから、「世界文学」を解放して、上記の理想像に目を向けさせることになる。実際、このような理想はどの言語の作品にも豊富にあるだろうと思う。

日本語で書かれた作品なら、そこに「透徹な観察」があるかどうか、他国の言語と文学への親しみがあるかどうか、「刹那から永遠へ」の効果があるかどうか、読後に精神的養分を得たかどうかを基準にして、それを「世界文学」といえるかどうかを考えることも可能ではないかと思う。

小文は、ゲーテ文学の愛好者でドイツ人宣教師ヘルマン・ホイヴェルス神父(Hermann Heuvers, 1890-1977)の日本語文学を中心に、「世界文学」の精神を再び考えたい。

## 2 「世界文学」を作る意欲

近代日本において、日本語で文学を書いた外国人はあまり珍しくない。幕末・明治初期から現在まで、来日宣教師が日本語を習得し、特に多くの著作を刊行したことは、最近の研究で徐々に明らかになっている[5)]。

1549年のフランシスコ・ザビエルの来日から数えて、約百年にわたるキリスト教隆興の時代があった。そのキリシタン時代において、宣教師たちは日本語の学習に必死であった。当時の宣教師の目指した日本語力はどんなものだったろうか。イエズス会司祭ジョアン・ロドリゲス(João Rodrigues、1561?-1633)著『日本小文典』(1620年刊)から見てみよう。「われわれに関して書きた

いことのすべてを自然にしかも立派な文章で書き、この王国に見られるあらゆる種類の事物についても、この地の人々と同じように語り論じられるようになる」[6]という、話し言葉と書き言葉をはっきりと区別している高度の日本語力であった。豊臣秀吉と徳川家康と自由に会話し、日本語のできない宣教師のために通訳を担当していたロドリゲスは、この高度の日本語力の持ち主であったことは自他共に認められていた。

このロドリゲスの日本語習得への熱意を受け継いだのは、近現代の来日宣教師たちばかりではない。日本語と日本文化に深い興味を抱く多くの外国人も、高い水準の日本語を身につけ、文学創作に挑んでいる[7]。しかし、宣教師のように、一刻も早く日本人に福音を伝えたい、翻訳を待ってはいられない、という使命感に駆り立てられて、矢継ぎ早に身につけたばかりの日本語で著作を執筆した「職業」はほかにないだろう。宣教師の日本語日本文化への親炙は、異言語異文化間の相互理解を求めようとする意欲の現れであり、ゲーテのいう「他国の言語と文学に親しみ、広い視野をもつ」文学者の姿勢とも似ている。ここで宣教師のホイヴェルス神父の日本語文学を取り上げることは、「世界文学」という概念に実例を提供することにもなるのではないかと思う。

ホイヴェルス神父は、ドイツ・ウェストファーレン州出身のイエズス会司祭である。来日前、ハンブルク大学で、カール・フローレンツ(1865-1939)に日本文学を教わり、『万葉集』や謡曲などを勉強した[8]。1923年8月25日、関東大震災(9月1日)直前に来日して、その後、上智大学の教授、第二代学長などを務めた。著書は約18冊(随筆、戯曲、翻訳、説教書など)がある。神父はゲーテの言葉をよく引用し、ゲーテ文学の心酔者であることは身近の人によって証言されている[9]。ゲーテの「世界文学」という言葉をも知っているだろうと考えることができる。

神父は長い間、戦国時代大名細川忠興の夫人ガラシャ(1563-1600、神父は「ガラシア」と表記)に関心をもっていた。ガラシャは20歳の時、父明智光秀が織田信長を殺害した本能寺の変によって幽閉生活を2年ほど余儀なくされてから、密かにキリスト教の受洗をし、石田三成の部隊に人質に捉えられようとした時に、命を絶たれた歴史的人物である。彼女の存在は、死後まもなく、当時の宣教師の書簡などによってヨーロッパに伝えられ、17世紀末にウィーンでイエズス会の音楽劇に取り上げられている[10)]。

ホイヴェルス神父は、映画『日本二十六聖人』(1931年上映)[11)]の原作を書いた時、ガラシャを二回登場させたことがある[12)]。そして、脚本『細川ガラシア夫人』(四幕九場)を書いて、1936年に上演され、同じ年の暮れにベルリンでも上演されたといわれる。日本でそれをみたサレジオ会のイタリア人チマッティ神父はこのための作曲を決心した[13)]。1939年に脚本『細川ガラシア夫人』[14)]が刊行され、チマッティ作曲で、国民歌劇協会(1939年発足)によって1940年1月24、25日まで日比谷公会堂で、5月21、22、23日に大阪朝日会館で、42年4月23日から26日に仙台座で、60年5月27から28日まで文京公会堂で、65年1月23、24日に読売ホールで、66年5月5、6日に虎ノ門ホールで、67年10月6日に文京公会堂でそれぞれ公演された[15)]。1965年11月、歌舞伎座で中村歌右衛門によって上演されたこともある[16)]。21世紀に入ってから、2004年10月8、9日に東京オペラシティコンサートホールでも上演されたようである[17)]。

ホイヴェルス神父は、『細川ガラシア夫人』の創作動機についてこのように書いている。「彼女が備へてゐた武士道の美徳、即ち犠牲の精神、勇気、真剣などは、誠に立派なものであり」、さらに「彼女の思想知識に対する熱情」があり、「ラテン語やポルトガル語も勉強し」、「信仰に依つて清い心、深い心、他人に対する優しい心を養ひ、その屋敷近くの貧民児童及び病人の救済事業等をも営んでゐ」たので、「私は日本の生んだこのやうに偉大な婦人を全世界に知らせようと微力ながら努力せずにはをられ」ないといっている[18)]。そして、オペラが上演した1940年に「ガラシアが踏み出す世界文学上への第一歩であったなら、大変に倖せである」という期待を込めている[19)]。1939年から抱いた「全世界に知らせ」、「世界文学」へ参与しようとする強いその意欲は、「世界文学」という明確な概念がなければ、不可能だっただろう。その時ゲーテのいう「世界文学」の意味を把握していたようである。

神父によれば、この脚本の主眼は細川ガラシャの全体像にあり、「勇ましい最後」だけではない。ガラシャの死だけを取り扱った描写は「多くは誤った解釈によって、一つの定まった形」[20]になったことに不満だった神父は、彼女を「世界文学史上に誇るべき、すぐれた日本女性の一人」として、「二十歳のころから十八年の長い間、波乱をきわめた戦国の時代に身をさらし、いくたびも死と直面して、ようやく神よりくるよろこびを受け、ついに命を捧げねばならなかったガラシア……、いかにして存在の疑問を解決したかという彼女の生涯を、劇として書いてみ」ようとした[21]。つまり、束の間の現世よりも、キリスト教の究極の境地「永遠の命」を目指す彼女の人生観を描こうとしたのである。

ホイヴェルス神父の利用した史料は、脚本『細川ガラシア夫人』の附録として掲載されている。日本の文献は、細川家の歴史をまとめた「綿考輯録9、13」(1778年成立)、霜女覚書(1648年執筆)であり、宣教師の書簡はアントニオ・プレネスチノ(1587年1通)、ルイス・フロイス(1588、92、95、96、97年5通)、オルガンチノ(1589、1599年2通)、ワレンチノ・カルワリオロ(1601年1通)、フランシスコ・パエス(1601年1通)、そして、1600年10月の日本年報と1601年の日本年報である。神父は細川家の史料を鵜呑みせず、細川玉の幽閉地を、森田草平の記事を頼りに、丹後味土野を考察し、その地形によって、玉が置かれた絶望的な環境を知り、彼女の抱いた途方もない悲しみと苦しみを想像し、その心情を描写する手がかりを得たようである[22]。

ここで宣教師たちの書簡を簡単に紹介する。「アントニオ・プレネスチノの書翰」は、細川夫人は「救世の真理を聴いてからは以前とは全く別の婦人になつてしま」い、「以前は憂鬱な気性であつたが、今は明るく元気になり、憤怒は忍耐になり、頑な烈しい性格は一変して優しい穏かな性格になつた」と書いている[23]。

1588年2月20日にフロイスが有馬から出した書簡は、ガラシアは「非常に熱心に修士と問答を始め、日本の各宗派から種々議論を引出し、又吾々の進行にいろいろの質問など続発して、時には修士をさへ解答に苦しませる程の博識を示されたので、『日本で未だ嘗つて、これ程理解ある婦人に、又これ程宗教に就いて深い知識を持つて居る人に会つた事は無い』と修士は云」い、またセスペデス宛てのガラシアの手紙をも引用してある。それは「神父様、ご存じの如く吉利支丹と相成候儀は人に説得されての事にては無く、唯一全能の天主の恩寵により、妾がそれを見出しての事に罷在り候。假令、天が地に落ち、木や草の枯れはて候とも、妾の天主に得たる信仰は決して変る事無かるべく候」という内容であった[24]。

ホイヴェルス脚本はこれらの史実に基づきながら、史料で描かれていない彼女の心理状態を、文学者の筆で造形し、「世界文学」の舞台に登場させようとしたのである。

## 3　ホイヴェルス以前の細川ガラシャ像

1873年、キリスト教禁令高札が撤廃されてから、キリシタンの史実が徐々に明らかにされ、細川ガラシャのことも広く知れ渡った。日本語訳か日本人執筆の歴史書は、彼女の改宗と死を比較的に客観的に伝えている。イエズス会の宣教師の記録によって執筆したクラッセの『日本西教史』(1689年パリ刊行、1880年日本語訳)では、彼女のただ一度の教会訪問とすぐ洗礼を受けたいという固い決心、侍女を通しての神父たちとの文通などを詳しく描いているが、死の原因については触れていない[25]。徳富蘇峰の『近世日本国民史』(1921-22年)は、宣教師の史料を多用して、細川夫人のキリスト教改宗とポルトガル語とラテン語の学習に触れ、細川夫人の最後は自殺ではないだろうという解釈を明記している。つまり「彼女は熱心なる耶蘇教徒であつたから、死を恐れざると與に、自殺を敢てしなかつた。固より其の子供を殺す可き筈はなかつた」とある[26]。スタイエン『切支丹大名史』(1929年)は宣教師の書簡に基づいて、彼女が最後に子供と侍女たちを逃してから家老に命を絶たれたことの情報を伝えている[27]。

しかし、明治期以来の大衆的な読み物になると、細川夫人を烈女として描くものが大半である。たとえば、小島玄寿編『日本烈女伝』(1878年)[28]では、細川忠興夫人が夫の命令を守り、人質に取られないように自害したと書き、林正躬『大東列女伝』(1884年)はまず子供二人を刺してから自害した、とある[29]。同じように西村茂樹編『婦女鑑』(1887年)[30]や、『中学漢文』(1894-1896年)[31]、『修身の巻』(1903年)[32]、『世界日本新お伽十種』(1909年)[33]も夫人の自害を年少読者に伝えている。これは日本でもっとも広く流布していたガラシャ像である。一方、『国史教授に必要なる日本女性史』(1931年)収録の「細川ガラシャ夫人」はガラシャの最後の死は自殺か他殺かを論じるところに重きを置いている[34]。ちなみに、近年ガラシャの死を豊富な史料を使って考察したのは安廷苑氏の著書『細川ガラシャ』[35]である。

史実に近いことを書いた読み物には、キリスト教雑誌『声』に5回連続掲載された若葉生の『細川忠興夫人』(1907年)[36]がある。それから井伊松蔵「細川福子の方ガラシャ夫人を懐ふ」(1921年)は「悶々遣る瀬なきの時仏教に走るのは邦人の通常事である、而して其結果は凡化するものが多い、彼女は如何にしても非凡化せねばならぬ胸中の切なさを持つて居る」かと書いて、彼女がキリスト教徒になったのは「天主教が当時の人々に偉大な期待を持たしめた」からだとし、彼女の死は「諸大名の多数妻子を救ひ良人を四十万石の大大名になし徳川氏の天下を定むる素因となつた」と見ている[37]。同様に龍居松之助『日本名婦伝』(1937年)の「細川ガラシャ」もガラシャが三成の人質にならなかったことは「関ヶ原の勝敗に影響を及ぼせた」と讃えている[38]。

歴史的人物の内心を書こうとすれば、文学・演劇の力に頼るしかないだろう。ホイヴェルス神父の脚本の前に、他の脚本や上演もあった。河竹黙阿弥の歌舞伎台本「細川忠興の妻」があり、1903年に上演されている[39]。1907年刊行の藤沢古雪の脚本「がらしあ：史劇」[40]があった。1922年出版の藤井伯民著の脚本『細川がらしや』[41]があり、最後の死を眼前にするガラシャの信仰心を描いたもので、同年6月19日に有楽座で上演されている[42]。また、土屋元作の謡曲「ガラシア」(1931年)[43]が刊行され、最後の自害を中心とする。1926年に帝国劇場で上演された岡本綺堂の「細川忠興の妻」(1925年)も似ている趣向である[44]。

小説に関しては、琴月の短編「細川ガラシャ」(1913年)[45]は、キリスト教信者の細川夫人を、自分の運命を非常に悲観的に思う人物として描き、鷲尾雨工の短編「秀吉と細川」(1936年)[46]は、夫婦間の確執や、夫人が仏教の「諸法空相、不生不滅」を理解できず、キリスト教に深い興味を抱いていることを描く。大半の作家と違って、キリスト教の教義を理解している二人の作家が現れている。大井蒼梧の『細川忠興夫人』(1936年)[47]と満江巌の『細川ガラシャ夫人』[48]は、ガラシャのキリスト教入信の原因と最後の「殉節」を丁寧に描写している

文学と演劇は、人物の外部描写にとどまってしまえば、読者に届け得るものが少ない。読者は外部の奇異さにだけ満足していれば、物事の真相に迫ることが不可能である。ホイヴェルスが不満に思ったのは、ガラシャの行動の外部描写、自害説による史実無視、彼女のキリスト教改宗への無理解だっただろう。

ホイヴェルスが目指したのは、史実に基づきながら、文学者なら想像できる歴史的人物の心理状態に対する迫真の描写であり、「物事の本質を反映する」文学であろう。彼がたびたび使った「世界文学」という言葉は、ガラシャの存在の意義を適切に伝える文学的表現を意味するであろう。

もう一つ注目すべきなのは、この脚本が日本語による執筆であることだ。ホイヴェルス神父にとって、「世界文学」になるには、ドイツ語でなくても英語でなくてもかまわない、日本語そのままでよい、という考えのようである。これは、執筆言語にこだわらず、むしろ作品の内容を通して、「世界文学」に参入しようという意味である。当然のことであるが、日本語を解さなければ、この脚本を鑑賞することは無理である。しかし、世界の誰にも理解してもらえるような複数言語への翻訳を前提とせず、むしろどの言語でもよいが、世界文学の精神をもつことが必要だという考えをもっていたのではないかと思われる。

## 4　ホイヴェルスの歌劇脚本『細川ガラシア夫人』

脚本に描かれた時代は1583年から1600年までの17年の歳月であり、登場人物は細川忠興、細川夫人、家老小笠原少斎、侍女京原など。まず一幕一場（1583年、夫人幽閉所の丹後国三戸野）では、秀吉の家来が多数来ようとしているため、家老少斎は明智の娘細川夫人が自害するよう、侍女京原に説得を依頼する。二場では、夫人は20歳になって天下一の幸福な女性が一夜にして、天下一の不幸な人に変わった自分を憐れみ、蓮の花を見ながら、「泥水の中から咲きいずる身の汚れもせず、美しき色合い。しかしやがてしぼまねばならぬ時もあろうに」と思い、「無と言ふものが、こんなに美しいものを創るものと思ひますか。さうして意地悪く打壊ちて行くものと思ひますか」という哲学的なことを問いかける。創世者の存在、生と死の意味を知ろうとするこれらの言葉は、キリスト教改宗への伏線となる。

間もなく、秀吉の家来の到来は花畠を作るためだと知り、ひとまず安堵した。しかし、次に何が起こるか知れない人生なので、細川夫人は「余り喜んではなりませぬ。これもまた、迷ひの絆、新たな漣」と言い、束の間の命の蓮の花に向かって「いつまでも、そなたを育て、花を咲かせて呉れるのは、誰なの」と話しかける。

この時の夫人について、三木サニアは「中世の人々を支配していた仏教的無常観――「諸行無常」、「栄枯盛衰」の世にあって、万物の本質を「無」と観じつつも、なおも絶対的な何ものかを探さずにはおられない」として、「生死の問題の究極に、最後に提起された疑問、すなわち、存在の根本原因としての超越的な何ものかへの問いかけが浮上する」と指摘している[49)]。ホイヴェルスも「序」の中で、細川夫人を「世界、宇宙、人生は一つの混沌であり、而も意味のない混沌であつて、何の目的もなしに渦巻のやうに変転して人の心を苦しめるのであるといふ思想」の持ち主として設定している[50)]。

二幕一場（1587年春、大坂の細川家新屋敷）では、薩摩へ出陣する前の忠興に、夫人は「私は、いつぞや三戸野で、蓮の花を見て、深い所から起上らうとする、その力に驚き」、「桜の花が、瞬きます。その瞬きが、私を驚かします。誰かゞ、この世の遙かな端から私に瞬きをする」と話してから、「私達は、花よりももつと立派なものでせうか」と問いかける。忠興はキリシタン大名高山右近の言葉を彼女に紹介する。「高山が、こんなことを申した。我々は、花よりも、草木よりも、山よりも何よりも大切なものぢやと言つた。(略)高山は、天の主を、天地を創らせ給ふたと言ふお方を信じて居るのぢや。それはデウスと申さるゝとか」と。夫人はすぐ「そのお方が、深い所から、蓮の花を引き上げたのでございませうか。その方が花の枝をもつて、私に瞬きするのでせうか。デウス様と申さるゝ御ン方」と合点する。

自然界の栄枯盛衰合をもたらす根本的原因を探求する気持ちは、自分自身の存在を究明しようとする切羽詰まった気持ちの反映である。彼女は物事の背後にある真実を追求する人であり、「透徹な観察を行い、物事の本質」を特徴とする世界文学の精神にも近い。

二幕二場では、夫人は京原を誘い、「永遠の真理（まこと）」を知るために、忠興の外出禁止命令をやぶって、屋敷を抜け出し、教会に向かう。三場では、散歩中の日本人修道士ヴィンセンチオが、酒に溺れる花見人に「皆さんは、不思議には思ひませんか。一体誰方が花を咲かせるのでせう」と訊いたら、「そりやあ、きまつてらあな。春のお天道様よ。さあ、もう一杯やんな」という即答であった。細川夫人の宇宙世界への好奇心と正反対なセリフである。

一方、細川夫人と京原が訪ねて来て、スペイン人セスペデス神父に「私達は、只、此の世のことが知りたいのでございます。何故、花が開き、凋むのでございませう。何故、人は喜び、又、悲しみも致すのでございませう。さうして、何故、私達は、生れ、死なゝければならないのでございませう」と質問ぜめに遭わせる。しかし、神父は自分の「日本語が下手」で、「あなた方、判るやうに私、喋れません」といい、ヴィンセンチオがいるときに、また訪ねてきてくれ、という逃げ腰。夫人は「貴方の仰有ることは、すべてよく判ります」と言って質問を続け、間もなくヴィンセンチオも戻ってきて、夫人たちに応対する。

スペイン人神父との対話へ示した夫人の強い意欲は、興味深い。コミュニケーションは、言葉が流暢だから意味が通じるとはかぎらない。多くの場合は、むしろ真摯な態度がコミュニケーションを成功させる。ここは、ホイヴェルス神父自身の日本語運用の経験をも反映しているかもしれない。自分のメッセージを積極的に理解しようとすれば、たとえ「日本語が下手」であってもさほど障害にはならないだろうう。

四場では、教義を教わった夫人は6歳の息子を抱いて、「ほんにそなたは幸福ぢや。母は二十四のこの春まで、一体、何処の誰方が、天地や諸々の物を創らせ、色彩をつけさせ給ひしか知らずに居ました。（略）そなたがまだ六つぢやあと言ふに、もうそれを知つて居るのぢや」と喜びが溢れる。

三幕一場（1587年夏）では、忠興の間もなき帰還と、キリシタン故に高山が追放されたことを知り、夫人はすでにキリスト教信者になった京原に洗礼を授けられる。霊名は「ガラシア——神のおいつくしみ」と京原が決める。二人の対話は続く。

京原　奥方様の、新しいお名前、それはガラシア……
夫人　ガラシア——私へ、主の微笑み。
京原　その微笑みの下で、あなたの心の最初の花が芽ばえます。
夫人　ガラシア——私へ、主の久遠の愛。
京原　その愛の呼吸の下に、はじめて、喜びの泉が湧き出します。
夫人　ガラシア——我が主の御許しの接吻（くちづけ）。
京原　その接吻の下で、神の子、我が姉妹となるのです。
夫人　ガラシア——乾いた土に注がれる、天上の露。
京原　その露に潤はされて、心の園に実が結びます。幾度となく。

「恩寵」を意味するガラシアという言葉は、二人のあいだに限りなく広がる連想と共鳴を呼び起こす。ガラシャの人生における至福の瞬間である。いつでも命を奪われかねない人生を送ってきたガラシャにとって、殺戮と正反対な「慈愛」(主の微笑み)、「保護」(久遠の愛)、「寛大」(御許し)、「平等」(我が姉妹)、「充実」(天上の露)は、今まで求めても得られなかった、何よりも貴重なものである。

四幕一場(1600年、大阪の往来)では、イタリア人神父オルガンチノは、修道士ヴィンセンチオに向かって、13年前に一度しか訪ねてこなかったガラシアを讃える。「あのやうな立派な婦人は、お国に二人居ません。(略)ポルトガル語、本についただけで学びました。失礼ですが、あなたより、上手に手紙書きます。その上ラテン語も学びました。しかし、あの方の偉いことは他にあります、それは獅子のやうに怒りつぽい、あの方の御主人と、私達や自分とを仲良くした事です」と感心している。

実際、ガラシアはポルトガル語とラテン語まで独学で習得し、神父に手紙を出して、キリスト教義を学び、さまざまな悩みについてアドバイスを得ようとしていたのである。このような彼女は、「他国の言語と文学に親しみ、広い視野をもつ」人間でもある。彼女は日本語という壁を乗り越えて、生き甲斐を教えてくれた異国の宗教に献身しようとしたのである。

二場では、徳川家康に忠誠を誓って出陣する前の忠興は、三成が攻めてきたら、キリスト者のガラシアが自害しないだろうから、家老少斎に介錯を頼む。三場では、三成の部隊が細川夫人を人質にとろうとして攻めてくる。ガラシアは侍女と子供たちをまず逃がしてから、辞世の歌「散りぬべき、時知りてこそ、世の中の、花は花なれ、人は人なれ」を口ずさんで次のように祈る。

今こそ命すつべき時
光輝くデウスの御国の、
尊きひかり、我を召させ給ふ。
紫のけぶり、紅のほむらに、
五体は空に帰するとも、
我が魂の故郷へ我は召されて帰る。

救ひ給へや、我が主よ。
愛の御手、さしのべ給へ。
最後の御めぐみ、たれ給へ。
花は咲き競ふ、その中に
天に帰する喜びは鳴り響く、
五彩の雲に、天使の微笑み、
妙なる楽の音は讃歌をかなで、
高らかに歌声は、四方にひゞく、
お召しの声、我を招く、
遥かなる天より
遥かなるこの地上へ
尊きみこゑす
天主の御こゑ
我が父の…

この祈りは悲しみがなく、むしろ歓喜に満ちている。人生は「死」のみではなく、「死」の向こうに「我が魂の故郷」があり、光と色彩と音楽に包まれる「デウスの御国」に向かうことこそが人生の目的だ、という現世超越の考えである。したがって、彼女の辞世の歌は、「散るべき時を知っているからこそ、この世から花も人もいさぎよく離れていける」と解釈したほうがふさわしいだろう。キリスト教に入信してから、彼女の人生はもはや目的のない「混沌」たるものではない。死は「永遠なる命」につながるものであり、無意味なものではなくなった。ガラシアが到達したのは、「刹那から永遠へ」続く境地である。

この脚本が刊行されてから、柳谷武夫の書評は、「ホイヴェルス博士の戯曲一篇はよく夫人の精神を理解し、確実なる史実を基礎として、禅的求道からキリシタン的完成に至るまでの夫人の精神の発展を示されたところに著しい特色をもつもの」[51)]だと評価している。

## 結論

ゲーテの文学を愛し、「世界文学」を創造しようとするホイヴェルスは、この脚本の中で、「透徹な観察を行い、物事の本質を」究め、「刹那から永遠」を求め、「他国の言語と文化」に親しむガラシャ像を作り上げている。つまり、ガラシャは奇しくもゲーテの意味する「世界文学」の精神を体現した人物である。

ホイヴェルスはこの人物の創造を通して、「世界文学」のあるべき姿を示してくれたのではないかと思う。それは国境を超えて、共感を起こしやすい人物像である。

注

1) 河盛好蔵「監修者のことば」(『ラルース世界文学事典』角川書店出版、1983年)2頁。

2) ヴォルフガング・シャモニ「「世界文学」――ゲーテより半世紀も前に初出していた語」(『文学』第11巻第3号、2010年)173-182頁。

3) 小岸昭訳「世界文学論」(『ゲーテ全集』13、1980年初版、2003年新装普及版、潮出版社)91-102頁。(1)雑誌『芸術と古代』(6巻1冊、1827年);(2)『エッカーマンとの対話』(1827年1月31日);(3)『ドイツ小説』(エジンバラ、1827年);(4)ベルリンでの自然科学者たちの会合、1827年トマス・カーライル『シラーの生涯』(序文、1830年);(5)トマス・カーライル『シラーの生涯』序文の草稿(1830年4月5日)。

4) 郭南燕『志賀直哉で「世界文学」を読み解く』(作品社、2016年)210頁。

5) 郭南燕編著『キリシタンが拓いた日本語文学:多言語多文化的交流の淵源』(明石書店、2017年)、郭南燕『ザビエルの夢を紡ぐ――近代宣教師たちの日本語文学』(平凡社、2018年)

6) ジョアン・ロドリゲス著、池上岑夫訳『日本小文典』上(1993年第1刷、1994年第2刷、岩波書店)35頁。

7) 郭南燕編著『バイリンガルな日本語文学――多言語多文化のあいだ』(2013年、三元社)。

8) ヘルマン・ホイヴェルス『人生の秋に――ヘルマン・ホイヴェルス随想集』(春秋社、1996年初版第1刷、2012年新装版第2刷、26頁)。

9) 田村襄次『わがヘルマン・ホイヴェルス神父』(中央出版社、1987年)は、ホイヴェルスがいかにゲーテの文学を愛読していたのかに、たびたび言及している。

10) 米田かおり「細川ガラシャとイエズス会の音楽劇」(『桐朋学園大学研究紀要』28集、2002年)、安廷苑『細川ガラシャ——キリシタン史料から見た生涯』(中公新書)(中央公論新社、2014年)190-194頁、新山カリツキ富美子「ヨーロッパにおける日本殉教者劇——細川ガラシャについてのイエズス会ドラマ」(郭南燕編『世界の日本研究2017——国際的視野からの日本研究』国際日本文化研究センター、2017年)。

11) 映画『日本二十六聖人』は山本嘉一の主演に、池田富保の監督で、日活映画社の制作。倉田喜弘、林淑姫『近代日本芸能年表』上(ゆまに書房、2013年)401頁。

12) ヘルマン・ホイヴェルス『日本で四十年』(春秋社、1964年)の一章「天の橋立」の43頁の注によれば、映画『日本二十六聖人』は、ホイヴェルス師の原作により1931年日活映画社制作、山本嘉一主演、片岡千恵蔵特別出演、ガラシア夫人を演じたのは伏見直江。

13) ブルーノ・ビッター「神父の人と生涯」土居健郎、森田明編『ホイヴェルス神父——信仰と思想』(聖母文庫、2003年)20頁。

14) ヘルマン・ホイヴェルス『細川ガラシア夫人 Gratia Hosokawa』(カトリック中央書院、1939年)。

15) 関根礼子著『日本オペラ史』(昭和音楽大学オペラ研究所編、水曜社、2011年)上巻267頁下巻570-573頁。また、倉田喜弘、林淑姫『近代日本芸能年表』(ゆまに書房、2013年)下巻114頁によれば、1939年11月に東山千栄子主演、比屋根安定作の音楽劇「細川ガラシャ夫人」があった。ホイヴェルスの脚本との関係は不明。

16) ヘルマン・ホイヴェルス『人生の秋に——ヘルマン・ホイヴェルス随想集』(1996年初版第1刷、2012年新装版第2刷、春秋社)73、101頁。

17) 三木サニア「ヘルマン・ホイヴェルス『細川ガラシア夫人』(その一)」(「久留米信愛女学院短期大学研究紀要」第33号、2010年)93頁。

18) ホイヴェルス『細川ガラシア夫人 Gratia Hosokawa』「序」14頁。

19) ヘルマン・ホイヴェルス『日本で四十年』(1964年、春秋社)の一章「如何にして細川ガラシア劇を書く様になったか」185頁。この一節は「1940年1月25日、日比谷公会堂において上演された国民歌劇公演のプログラム中に、原作者のことばとして刷られていたもの」がそのまま掲載されている。同頁に、神父は、自分に脚本を依頼したのは神宮寺雄三郎、脚本を手伝ったのは冠九三、作曲したのはチマッティ、オーケストレーションは山本直忠、とも記述している。

20) 『日本で四十年』185頁。

21) ヘルマン・ホイヴェルス『人生の秋に——ヘルマン・ホイヴェルス随想集』(1996年初版第1刷、2012年新装版第2刷、春秋社)100-101頁。

22) ホイヴェルス『細川ガラシア夫人』「序」2-14頁。

23) ホイヴェルス『細川ガラシア夫人』附録・資料の部、6-14頁。

24) ホイヴェルス『細川ガラシア夫人』附録・資料の部、14-26頁。

25) ジョアン・クラッセ、太政官翻訳係訳(Jean Crasset)『日本西教史』(上巻第9章、半上坂七出版、1880年)1104-1116頁。

26) 徳富猪一郎『近世日本国民史:第6巻、豊臣士時代丙篇』(民友社、1921年)439-444頁、『近世日本国民史:第11巻、家康時代上巻関原役』(民友社、1925年改版)236-237頁。

27) スタイエン著、ビリヨン訳『切支丹大名史』(三才社、1929年)229-230頁。

28) 「細川忠興夫人」(小島玄寿編『日本烈女伝』巻の2、山中八郎出版、1878年)。

29) 林正躬「細川夫人」(『大東列女伝』波華文会、1884年)20-21頁。

30) 「細川忠興夫人」(西村茂樹編『婦女鑑』6、宮内省、1887年)7-8頁。

31) 「細川忠興夫人」(深井鑑一郎編『中学漢文』第2編、下、敬業社、1894-1896年)20-21頁。

32) 「細川夫人の節義」(祐文館編集部編『修身の巻』1905年、聚栄堂大川屋書店)33-35頁。

33) 「第八、細川忠興夫人」(高等お伽会編『世界日本新お伽十種』樋口蜻堂(ほか)出版、1909年) ?頁。

34) 磯子尋常高等小学校編『国史教授に必要なる日本女性史』(磯子尋常高等小学校、1931年)63-65頁。

35) 安廷苑『細川ガラシャ――キリシタン史料から見た生涯』(中公新書)(中央公論新社、2014年)。

36) 若葉生「細川忠興夫人」(1-5)(『声』383-387号、1907年10月-1908年2月)。

37) 井伊松蔵「細川福子の方ガラシャ夫人を懐ふ」(『人道』195号、1921年10月)13頁。

38) 龍居松之助『日本名婦伝』(北斗書房、1937年)293-307頁。

39) NADEHARA Hanako, "The Emergence of a New Woman: The History of the Transformation of Gracia" (『東京女子大学紀要論集』64巻、2014年)64-107頁参考。

40) 藤沢古雪(周次)『がらしあ――史劇』(大日本図書、1907年)。

41) 藤井伯民『細川がらしや』(公教青年会、1922年)。

42) 小山内薫「『細川がらしや』を見て」、岡田八千代「有楽座の『細川がらしや』」(『カトリック』2(8)、1922年8月)62-65頁。

43) 土屋元作謡曲「ガラシヤ」(『夢中語――土屋大夢文集』土屋文集刊行会、1931年)788-791頁。

44) 岡本綺堂「細川忠興の妻」(二幕)(『綺堂戯曲集』第7巻、春陽堂、1928-29年)、「帝国劇場絵本筋書:史劇細川忠興の妻　他」(1926年11月)。

45) 琴月「細川ガラシャ」(『日本民族』1:2、1913年12月)86-90頁。

46)　鷲尾雨工「秀吉と細川」(『維新』3(8)、1936年8月)85-97頁。

47)　公教司祭戸塚文卿校閲、大井蒼梧著『細川忠興夫人』(武宮出版部、1936年)。

48)　女子聖学院院長平井庸吉、青山学院教授比屋根安定序、満江巌著『細川ガラシャ夫人』(刀江書院、1937年)。

49)　三木サニア「ヘルマン・ホイヴェルス『細川ガラシア夫人』(その二)」(「久留米信愛女学院短期大学研究紀要」第34号、2010年)158-159頁。

50)　ホイヴェルス『細川ガラシア夫人』「序」7-8頁。

51)　柳谷武夫「書評　細川ガラシア夫人」(『カトリック研究』20(1)、1940年1月)76頁。

# “*The Sarashina Diary*”への批評に関する考察

ソーニャ・アンツェン（トロント大学名誉教授）

学術書というものは、大抵の場合、完成に多くの時間を要するものだが、我々の“*The Sarashina Diary*”の場合は、最初の打合せから刊行までに10年の歳月を要している。そして、ひとたび学術書が世に出ると、その本の執筆者たちは、自分の伝えようとしたことが読者にうまく伝わったかどうかを知るために、書評の出来を待ち望むことになるが、その待ち時間もまた長いものとなることが多い。なぜなら、学術誌への書評の掲載スピードは、少なくとも英語の学術誌の場合、牛の歩みのように遅いからだ。たとえば、日本史や日本文学の研究分野における最も重要な雑誌である*Monumenta Nipponica*の場合、以前は年4回刊行されていたものが、今は年2回のペースになっており、その一方で、この分野で出版される学術書の数は劇的に増えているため、書評を待つ書籍の点数も増加の一途をたどっているのだ。“*The Sarashina Diary*”の刊行から2年余りが過ぎたが、我々は現在も、*Monumenta Nipponica*や*Harvard Journal of Asiatic Studies*のような主要な学術誌に、書評が掲載されるのを待ち続けているのである。

こうした状況の一方で、学術的オンライン掲示板のみならず、個人的なブログなどを通じて、書評を素早く公開しようとする動きが急速に広がりつつある。本稿では、まず、*"The Sarashina Diary"*の刊行後に発表された、あらゆる種類の書評を概観し、そこからいくつかの示唆的な文章を抜き出してみる。それによって、我々が明らかにしたかった作者(菅原孝標女)と作品(『更級日記』)の姿は、果たして十分な形で読者に届いたのかという問題を検証する。

なお、コロンビア大学出版部は、*"The Sarashina Diary"*の普及版(ペーパーバック版)の刊行を予定しているので、本稿では、普及版作成の試みに対して、ハードカバー版*"The Sarashina Diary"*への書評がどのような意味を持つのかという点についても、適宜言及することにしたい。

## 1　最初に公表された書評＝推薦文

ある意味で、最初に公衆の目に触れる書評は「推薦文」だと言うこともできよう。もちろん推薦文は、出版社の依頼を受けた専門家が、本の宣伝のために記すものではあるが。

我々の本の裏表紙には3人の筆者による推薦文が掲載されているが、その中でも我々にとって嬉しい驚きだったのは、ハーバード大学のDavid Damroshの推薦文である。なぜなら、彼は「世界文学」研究を主導する学者のひとりであり、それ故、我々の本を、日本文学の専門家の視点よりも広い視野から評価することができると思われるからだ。そしてもう一点、彼は、我々ふたりの著者とは何ら個人的つながりを持たない人物だったのだ。人は誰でも、赤の他人による評価こそ真に正当な評価だと感じるはずだ。

Damroshの推薦文の中で、私の印象に残ったのは、次の一節である。

> "As the author herself says of Mount Fuji, this unique work 'looks like nothing else in the world'"
> 作者が、作中で富士山について語っている言葉をそのまま借りるなら

ば、このユニークな作品は、「いと世に見えぬさま」をしているのである。

David Damrosch (Harvard University)

この言葉がとりわけ嬉しく思われるのは、「世界文学」に関する深い知見を有する人物が、『更級日記』は比類のないユニークな作品だと断言してくれたからだ。『更級日記』の英訳作業を通じて、我々は、読者が『更級日記』の独創性や重要性に気づいてくれることを願っていたのだが、Damroshの発言は、まさにその点をはっきりと指摘してくれたのである(『更級日記』は、奇をてらうような書き方とは無縁の作品であり、その自然でさりげない佇まいは、この作品の本質的なユニークさを忘れさせかねないのだ)。

## 2　一般読者のブログにおける書評

最初に指摘したように、学術誌に書評が掲載されるまでには長い時間を要するが、一方でインターネットには、様々な種類の素早い書評が登場し、自由な意見交換の場となっている。実際、2014年7月に *"The Sarashina Diary"* が出版されてから1カ月後には、"Complete Review: A Literary Saloon and Site of Review" と題された、ニューヨークの一般読者のブログで、Michael.A. Orthoferが、我々の本を取り上げて批評している。Orthoferの書評家としての資質は、「読書好きで、常に文学に関心を寄せている」というものであり、典型的な「一般読者」と言える。オーストリア出身の彼は、英語に翻訳された非英語圏の小説に特に興味を持っており、それ故、彼のサイトは、他のサイトなら無視するような作品にも注意を向けている。彼はまた、同じ本に対する他の書評との相互参照の作成にも熱心である。そんな彼のウェッブサイトは、多くの肯定的評価を受けており、2005年のタイムズマガジンでは、"50 coolest websites on the internet" のひとつに選出されている。

彼の書評は、次のように、作品に評点を付けることから始められている。

M.A. Orthofer "Complete Review: A Literary Saloon and Site of Review"
August, 2014
Our Assessment:
"B+ appealing document; good presentation"
「Bプラス　魅力的作品、良いプレゼンテーション」

こうした書評の仕方は、同じようなやり方で日頃学生を評価している大学教員にとっては、皮肉な感じがするものかもしれない。それに、長期間にわたって全力を尽くしたにもかかわらず、B+などという評価を与えられて、喜ぶ人はいないだろう。それにもかかわらず、学術書に対する一般読者からの評価として、これは励みになるものである。*"The Sarashina Diary"*を書いているときに我々が意図したことの中には、幅広い読者の関心を惹く本にしたいということも含まれていたので、この書評の存在は、我々の目的が達成されたことを示しているのだ。

*"The Sarashina Diary"*の「解説と研究」(Introduction)の学術的側面に関しては、Orthoferは、次のように述べている

"As often with such introductions, it arguably reveals too much-parts are certainly better saved for until after the reader has engaged with the text proper-but some of the context basics are certainly welcome before encountering the diary itself."
この種の解説にはありがちなことだが、この解説は、おそらく余りにも多くの事柄を暴き出している。解説の一部に関しては、読者はまず『更級日記』の本文そのものを読むことを優先し、解説は後回しにした方がよいと思われる。しかし、それとは逆に、基本的文脈の理解に関わるいくつかの点に関しては、確かに作品を読む前に目を通しておいた方がよいと思われるのだ。

ご覧の通り、最初に登場した書評の中に、すでに普及版『更級日記』の作成方針の参考になるような意見が示されているのである。普及版の解説においては、「後回しにした方がよい」部分を見定め、移動しなければならないし、「基本的文脈」の理解に関わる重要な部分は、残すようにしなければならないだろう。ハードカバー版『更級日記』は、作品をより深く理解したいと願う読者の前に、常に在り続けるわけだが、『更級日記』のテクストに初めて取り組もうとする一般読者(普及版の読者)のためには、菅原孝標女の生きた世界に入り込むために必要な情報を、できるだけ精選して提供するのも重要なことである。著書の「導入部」に置かれる解説において、膨大な情報を提供することによって、自由な読書の楽しみに制限を加えるようなことは、我々の望むところではないからである。

## 3　国際的有力紙と定期刊行物

時系列に従うと、続いて登場するのは、2014年10月に*Times Literary Supplement* (TLS)に掲載された書評ということになる。その新聞では、我々の本は、「文芸文化の世界における優れた国際的作品」として、称揚されている。この書評を記したのは、Lisa Dalbyである。彼女は、学者から小説家(*"The Tale of Murasaki"*)へ、そして一般読者向け日本論の作者へと、みごとに転身を遂げた人物だ。

この種の書評は紙幅が限られており(約330語)、しかもその字数で、作者と作品の紹介から、その本に対する評価まで記さなければならない訳だから、書評の実質的内容は非常に限られたものになる。我々の本に対するDalbyの要約の最後の部分は、次のように結ばれている。

> "We can be grateful for this new translation…; through long immersion, the translators have brought to life a world otherwise unavailable to the modern, non-specialist reader."

我々は、この新しい翻訳の登場を喜びたい。長い間作品に没入することによって、この翻訳者たちは、現代の、専門家でない読者には到底手に入れることのできない世界を、生き生きと甦らせてくれたのである。

繰り返しになるが、我々は、広い読者層に訴えかける力を有する作品を世の中に送り出すことができたという確信を持っていた。しかし、何といっても、*Times Literary Supplement*に、すぐに好意的書評が掲載されたという事実は、我々の気分を高揚させてくれる出来事だった。というのは、*"The Sarashina Diary"*の解説の中で、勅撰集に一首でも自分の歌が収録されるということが、平安貴族にとってどんな意味を持つ出来事だったかという点を説明するために、現代の英語圏におけるたとえとして、*Times Literary Supplement*に好意的書評が載るようなことだと記していたからだ。そして、勅撰集への入集は、文芸の世界で不滅の命を手に入れるようなことだとも我々は記していたのである。

## 4 専門家によるオンライン・ネットワーク・リストサーバー

アジア研究者のための最も大規模なネットワーク・リストサーバーは、

"H-Asia"（Asian History and Studies） https://networks.h-net.org/h-asia

である。

この種のネットワーク・リストサーバーは、書評を素早く掲載することが可能である。しかも、予算や字数制限に束縛されることがないので、そこに掲載される書評は、長文で詳細なものになりがちである。

H-Asiaは、2015年2月に、ペンシルベニア大学のLinda Chanceによる、3500語に及ぶ*"The Sarashina Diary"*の書評を掲載しており、これが、我々の本に対する最初の学問的書評だと思われる。

紙幅の余裕のおかげだろうが、Chanceは、他の短い書評とは違って、多くの問題に取り組んでいる。たとえば、和歌の翻訳の問題である。我々は、孝標女の歌人としての能力を真剣に受け止めて、和歌の翻訳に力を尽くし、和歌の解釈上の微妙な問題点を明らかにするために、多くの注を用意したのだが、Chanceは、*"The Sarashina Diary"*における、このような和歌の扱い方に賛同し、この問題に関して、Ivan Morrisの1971年の翻訳を明確に批判している。実際、Chanceは、これまでのところ、このふたつの翻訳を詳細に比較してみせた唯一の書評家である。和歌翻訳の問題に関する彼女の比較検討がどのようなものか、一例を挙げてみる。

> たとえば、春秋の優劣を競う場面の歌を確認してみよう。
> あさみどり花もひとつに霞みつつおぼろに見ゆる春の夜の月
> (Lucent green- / misting over, becoming one/ with the blossoms too;/ dimly it may be seen,/ the moon on a night in spring)
> このArntzen and Itō訳に対して、Morrisは最初の2行の文学的気分の高まりを押しつぶすように、"The hazy Springtime moon-/ That is the one I love,"と書き出している。そして、解釈をきちんと定めて、"When light green sky and fragrant blooms/ Are all alike enwrapped in mist."と、続けている。Arntzen訳は、Morris訳とは違って、「あさみどり」とは何であるかを読者に考えさせるような、開かれた解釈を示している(「あさみどり」という表現の斬新さについては、伊藤による詳しい注が付されていることは言うまでもない)。
> Linda Chance review, H-Asia (February, 2015)

このように、Chanceは、我々の翻訳の価値を認めているが、それにも関わらず、彼女はまた、教師たちが授業で『更級日記』を読む際に、教科書としてどちらの翻訳を選ぶべきか悩まされることになりそうな、幾つかのとても実際的な事柄についても指摘しているのである。この件に関しては、最後にもう一度取り上げることにしたい。

## 5　その他の学術的書評

その他の書評を詳しく論じている余裕はないので、これまでに発表された学術的書評のリストを、発表順に示しておくことにする。

トゥンマン武井典子Noriko Takei-Thunman、イェテボリ大学（University of Gothenburg）、日文研：日本研究、International Research Center for Japanese Studies: *Research on Japan*, 51号、2015年3月

Charo D'Etcheverry, University of Wisconsin-Madison in *Journal of Japanese Language and Literature*, vol. 49. no. 1, April 2015.

Gus Heldt,（University of Virginia）*Japanese Studies*（Japanese Studies Association vol. 35 issue no 2（2015）.

学術的書評に関しては、こういったところである。まだそれほど多くの書評が公刊されているわけではないが、評価内容という点に関しては、今のところ好意的な書評が多いようだ。それは、もちろん嬉しいことだが、我々が普及版『更級日記』を準備するに当たって、それらの書評に関して、大変ありがたいと思ったのは、そうした書評が、*"The Sarashina Diary"*の「解説」の重要な論点を、巧みに要約してくれたことである。

ここでもう一度、Chanceの書評に戻ることにする。そして、日本文学や世界文学の教科書を選択する教師にとって、Morrisの翻訳がいまだに選択肢としての意味を持つとChanceが考える根拠となっている、いくつかの実際的な問題について考えてみよう。

こうした問題について、「勝ち負け」のような言葉を用いるのは、馬鹿げて見えるかもしれないが、Ivan Morrisの本に対する我々の不満、それは翻訳そ

のものと解説の双方に対する不満だが、その不満が、我々に新しい翻訳と解説の作成を決意させる端緒となったのは、紛れもない事実である。それ故、我々の胸の内には、世界文学という場における『更級日記』の標準的な翻訳と作品解釈としての地位を、Morrisの翻訳に代わって、我々の翻訳が占めてほしいという思いがあるのだが、実際のところ、どの翻訳が英語圏で広く受けいれられ、多くの読者を得るかということは、必ずしも全般的な翻訳の質や学問的深さといった事柄だけで決まるわけではない。

もし、先に翻訳され、出版されるということが、一定の価値を持つのだとすれば、もちろんMorrisの翻訳はそういう立場にあるわけだから、すでに評価の定まったその翻訳を押しのけるのは難しいということになる。Morrisの翻訳が、1971年の初版以来、今日まで版を重ねている事実にも注意が必要である。しかもこの翻訳は、世界中に配本され信頼を得ているペンギンクラシックスシリーズに収録されているのだ。それに対して、我々の本は、大学の出版部から刊行されており、大学の出版部という所は、信頼性は非常に高いものの、他の商業的出版社に比べて、広告を出したり、多くの書店に配本したりするような財源を持たないのだ。

それに、これもとても単純なことだが、たとえば本の価格や大きさといったことについて、Chanceは、書評のはじめの部分で、こんなことを述べている。

> “You may be of two minds about the Penguin Classics edition of the *Sarashina Diary*…You might well choose it for a class, relieved at how little it costs (\$16.00) and trumpeting to your time-conscious students how much they will get from how few pages of assigned reading”
>
> あなたは、『更級日記』のペンギンクラシックス版について、ふたつのことを考えるだろう。まず、この16ドルの本を教科書として採択することで、学生のために如何に価格を抑えるかという問題から解放されるのだ。更に、時間や効率にこだわる学生たちに向かって、この簡潔な指定

教科書から、どれほど多くの知識を得ることができるかを吹聴することもできるのである。

もちろん、価格への配慮は常に重要である。その上、現代社会は忙しくなる一方で、学生も一般読者も、ますます「時間」(効率)を意識するようになっている。インターネット上で、物事の概要をまとめた記事に簡単にアクセスできるため、誰もが「速習」の方法ばかり探すようになっているのだ。

別の箇所で、Chanceは、我々の本の解説やその他の学術的内容に関して、"a groaning larder"という表現を用いて説明している。"a groaning larder"とは、食卓にご馳走が山のように「うなるほど」たくさんある、という意味だ。

Chanceは、実質的には、我々の解説の学術的内容を評価しているだけなのだが、その行間からは、この解説は教科書として使うには「ご馳走が多すぎる」かもしれないというメッセージが浮かんで来るようだ。そして、文学の入門コースの教科書として役に立たないのだとすれば、この本は、多くの読者の目に触れる機会を失うことになるだろう。Morrisの解説には不備な点があるとしても、幸運なことに、その解説は短いのだ。ある意味で、彼の本の強みは、『更級日記』そのものが持ち合わせている強みと同じだと言えるだろう。Morrisの本と肩を並べるために、我々は、解説のかなりの部分を刈り込まなければならないだろう。その解説自体、伊藤氏の長期間にわたる『更級日記』研究の成果を、すでに圧縮したものであるのだが。

Chanceは、次のような表現で、評価のコメントを締めくくっている。

> "…Arntzen and Itō's is the treatment that the Sarashina diarist deserves."
> 更級日記の作者が、彼女にふさわしく待遇されているのは、Arntzen and Itō訳の方だ。

菅原孝標女は、作家として評価されるべき文学的価値の持ち主であるというのは、伊藤氏の学識に裏づけられた確信だったが、彼は、その確信を熱心に私に伝えてくれたので、それはやがて我々の共有する孝標女像となり、我々の共同研究は、孝標女が彼女の価値にふさわしい待遇を受けられるように努めること、そして、彼女が現代の英語圏の読者とより深く理解し合えるように努めることを目的とすることになったのである。

普及版の *"The Sarashina Diary"* は、2018年春の刊行が予定されているが、Morrisの1971年版の翻訳と、世界文学の場における標準的翻訳の地位を争うことができるのは、より簡潔で安価な普及版ということになるだろう。この普及版の出版によって、我々は、本来の目的を達成するために、更に一歩を進めることになるのである。

# 題とは何か

リチャード・バウリング（ケンブリッジ大学名誉教授）

『更級日記』のシンポジウムにおける私の発表題目を知らせるようにとの連絡を受けた時に、咄嗟に「題とは何か」（つまり書物一般における題名のことだが）と回答したが、その後『更級日記』を新しい英訳版で再読したことによって、この作品の意図、作者の精神状態などについて考えてみる機会を得た。そのため、今日は「題とは何か」という問いには触れてはいるものの、それだけではなく今までと少しちがった角度からこの作品を考察してみたいと思う。そのような次第で、本題からは離れてしまう部分もあるかと思うが、その点はご容赦願いたい。

『更級日記』の新英訳版の跋文で、伊藤守幸氏が次のような発言をしている。「40年前にIvan Morris氏の英訳のタイトルをみてひどくがっかりした覚えがある」と。Morris氏は故意に原題を無視して、代わりに源氏物語の最後の巻の題名、すなわち「夢の浮橋」という言葉を題として入れ替えるように利用しているのである。このことに伊藤氏は大きなショックを受けたに違いない。

しかし、この作品にもともと題というものがあったのかどうか。これはそう簡単に答えの出せることではない。たとえ題があったとしても、それが『更級日記』だったかどうか。確実な証拠はどこにもないというのが事実ではなかろうか。

書かれたものにはすべて「題」があるべきだとは必ずしも言い切れまい。

印刷文化以前のヨーロッパでは作品に題のないのが通例で、もし識別が必要であれば端書きの最初の文章を「題」として使ったのである。当時、自分が手にしているものが一体どういう作品なのかということを理解するのは、それほど難しいことではなかったはずだ。作者から直接手渡されたり、作者の知人から贈られたり、あるいはお互いに作品を交換する仲間のひとりとして手に入れたりしたからだ。それ以上の道標は必要とされなかった。平安時代の日本も、おそらく状況は似たようなものだったのではないか。宮廷で働いていた女性である作者には、自分の作品に題をつける必要はなかったのではあるまいか。彼女が生きていたのは、狭い、ごく限られた世界だったのだから。

しかし、作者あるいは作品と読者の間に時間と空間の隔たりが存在するようになった場合には、題名が必要になる。藤原定家もその必要性を感じて、題のなかったものに題をつけたのではなかろうか。

それでは題とは何か？『更級日記』の場合、「更級」と「日記」をふたつに分けて考えてみる必要があるだろう。前半と後半とでは役割が違うからだ。まず後半の「日記」について考えてみよう。これは作品を分類するために便利な手がかりになる。我々の生きている今の時代には、こういった基本知識が無ければ、困ったことになる。これから読むものは詩歌なのか、小説なのか、自伝なのか、前もって知らないとなんとなく落ち着かないものである。たとえ題名からはヒントが得られなくても、こういう情報はなんらかのかたちでキャッチできる。本屋の本棚のレッテル、作家の名前、本の帯など。ジャンルによって、読み方が違ってくるのだ。

では『更級日記』はどんなジャンルに属するのだろうか。このシンポジウムには、あいにく藤原定家は出席していないので、残念ながら、なぜ「日記」という言葉を使ったのかと尋ねることはできないが、ただ、英訳の題名に ‘diary’ という語を使うことには疑問／問題点がないわけではない。‘Diary’ とは言いがたい ‘diary’ がヨーロッパ文学に存在しないと言うことはできないとしても、この場合は日本語からの翻訳なので、これから読もうとする読者は‘diary’という語からは普通の意味での日記、あるいは日誌を予想するはずである。何年か前に『紫式部日記』の英訳を出した時にはこの‘diary’という言葉を使うかどうかでずいぶん迷ったが、ある日に、あることが起こった、というような記述が多いので、最終的には‘diary’でいいという結論を出したのである。けれども今から考えてみると回想、つまり‘memoir’の方がよかったのかもしれないという気がしないでもない。ここで取り上げられている『更級日記』は『紫式部日記』とは全く異なった形の作品で、‘diary’という訳語を付けると問題が深刻になるのではないかと思われる。この作品は日記ではなく、回想だ。しかも丹念に、巧みに書き上げられた回想にちがいないのである。

それでは題名の前半はどうだろう。なぜ「更級」という地名を付けたのか。藤原定家は歌人でもあり文学者でもあった。平安時代の女性が書いたものを数多く手にした時に、個々の作品を識別するために題名のないものに題をつける必要が生じたと思われる。

「更級」という言葉自体がこの作品の中に出てこないのは周知の事実だが、「姨捨」という言葉が作中の和歌に使われており、『古今集』所載の本歌では「更級」と「姨捨」が関連して用いられていることから、更に信濃の地名である「更級」は作者の夫の最後の任地だったことから、「更級日記」という題が生まれたのだろうと考えられている。この題が適切であるかどうかはともかく、学者にありがちな利口ぶった題で、作品を読む上での手がかりとしてはあまり役に立たないと思われる。やはり、文学者に相応しいちょっと巧妙すぎる題をつけた、とは考えられないだろうか。

今回の国際研究会に参加するにあたって、30年前に読んだ『更級日記』を読み返してみた。以前とちがった新しい目で読むことができ、非常に複雑で魅力的な作品であることを改めて認識することができた。古今東西を問わず優れた作品の価値は、色々な読み方を可能にさせることにあると思う。『更級日記』も例外ではない。そこで、もうひとつの読み方をお勧めしてみたい。ある女の回想、自伝としてではなく「物語」として読んでみるのはどうだろうか。

日本の現代語訳も英訳も、主人公は「私」になっている。しかしオリジナルでは(原文では)「あづま路の道のはてよりも、なほ奥つかたに生ひ出でたる人」なのだ。そして、この「人」は「物語」に取りつかれているのである。冒頭のすぐあとに、この「人」は「物語」に取りつかれていると白状している。現実よりも架空のものの方が大事だと。物語がなければ生き続けていくことが出来るかどうかさえ疑わしいと。

> いみじく心もとなきままに、等身に薬師仏を造りて、手洗ひなどして、人まにみそかに入りつつ(中略)身を捨てて額をつき祈り申すほどに……

なぜ阿弥陀仏ではなく、薬師仏に祈るのか。薬師仏はいつも薬草と薬壷を手にした形に造像される。癒しの仏、つまり医者なのである。この「人」は心の病に苦しんでいたからだと思う。脱水症状の人は、水がなければすぐに死んでしまう。「物語」への渇望を救済してくれと薬師仏に願うのである。「物語渇き」に効く唯一の薬は「物語」だ。旅の辛さもまた、物語で戦うのだ。京への道は、自然の描写よりは物語で表現されている。竹芝寺の話、もろこしが原での言葉遊び、足柄での遊女との出会いなど。こう読み進んでいくと、この作品は、作者が精神の病を結局のところ薬師仏の助けによってではなく、自らの力で克服していく過程の物語だと言えるのではないか。主題となっているのは物語の神秘的な魅力、抵抗することのできない影響力と考えることはできないであろうか。

上洛してからしばらくは物語を貪り喰う。「物語のことのみ心にしめて」。周りの誰かが亡くなると、また何かを読む。しかし、その薬も果てしなく手に入るものではないので、一時の渇きを癒すことはできても本質的な治療にはならない。やはり時間をかけて自らが治療法を見いだしていくほかない。里での生活、宮殿での日々は平凡なので、和歌による会話、時々起こる奇妙な話などで何とか時間を潰す。姉の死、父親の落胆などを忍ぶばかり。生きるのは精一杯という感じがする。子供のために生き続けるだけだ。若き日の「物語病」は「鬱病」に転じて行く。病の名は違っても辛さは同じ。永遠なる欲望。ようやく治療法がみえてくる。自らが物語を書くことだ。書くことは客観化することであるから、治療への第一歩である。まず夢、それに石山寺、長谷寺、太秦詣での記述。そして最後に、自らの経験を素材にしたある女の一生の物語。

# 世界文学と日本
## ——『更級日記』の意義

クリスティーナ・ラフィン(ブリティッシュ・コロンビア大学)

「世界文学」という表現は、本のタイトルや発表やシンポジウムの題として日本でよく耳にするようになった。しかしこの表現の歴史的背景、文学研究における位置についてあまり知られていないためか、曖昧な使い方になっていると感じられる。本稿では、西欧の文学研究における「世界文学」の歴史を踏まえてから、日本で使われている「世界文学」に触れ、そして近年の「世界文学」に対する問題意識について考察する。最後に「世界文学」が過去から現代まで、言語と翻訳との密接的な関係にあることを論じ、その上で『更級日記』の新英訳の意義について考える。

### 1　世界文学

まず、世界文学とは一般的にどのように説明され、理解されているのかを確認するために、ウィキペディアの定義を見よう。現在は日本語のウィキペディアには「世界文学」の項目がまだ載っていないので次の例は英語から日本語に訳したものになる。

> 世界文学は総称として世界各国の文学という意味で使うこともあるが、一般にある文学作品の書かれた国を超えて、広い世界への流通していることをさす。

かつては西欧文学の傑作を中心に使われてきたが、今日ではグローバルな文脈(コンテクスト)のなかで使われることが増えている[1)]。

この定義は、世界文学研究の中心に君臨する、デイヴィッド・ダムロッシュ氏(David Damrosch)の定義を借りて書かれているようである。

ダムロッシュ氏の『世界文学とは何か？』によると、世界文学は「翻訳、あるいは原文で、作品の書かれた文化を超えて流通する全ての文学作品」[2)]である。

世界で流通する文学作品が世界文学であるというダムロッシュ氏の定義は1990年代から2000年代に固まってきたのだが、それより1世紀半前にすでに「世界文学」という語は存在していた。周知のとおり、19世紀に、ヨハン・ヴォルフガング・フォン・ゲーテ氏が文学の問題として広めたのがはじまりである。

## 2 「世界文学」のゴッドファーザー

過去から現代まで、多くの学者がゲーテ氏の概念から刺激を受けているので、1940年代のスタンフォード大学、比較文学教員のアルベール・レオン・ゲラール氏が指摘するように「ゲーテは世界文学のゴッドファーザーである」[3)]といえるかも知れない。

では、なぜゲーテ氏は一八世紀初頭にこの表現を持ち出したのか、その目的とコンテクストを確認したい。当時のヨーロッパは、ナポレオン戦争が続いている頃で、ゲーテ氏もマインズで参戦し、戦争による破壊を見ていた。戦争が終わる直前に出版社からペルシャの14世紀の詩人、ハーフェズのドイツ語訳をもらったゲーテ氏は、久しぶりに故郷のフランクフルトに戻り、流通の中心として再構築された国際的な街の雰囲気を味わった。

このことが後の「世界文学」の概念に強く影響したと考えられている。1827年に中国の小説を何冊か手に入れ、それに刺激されて詩などを執筆し、そして日記、手紙、ノート、解説などで「世界文学」についての考えを固めていった。外国文学の影響があったといえるとしても、むしろ重要なのは、戦後の断片化されたヨーロッパ、国家主権に対する思いのもとに国家間の協力と理解を求めるつもりでWeltliteratur(世界文学)を持ち出したことである。要するに、ゲーテ氏の世界文学は文学研究の方法というよりもある世界の見方であり[4)]、近代化、反ナショナリズム、国際化への思いを込めた概念なのである[5)]。ヨーロッパだけでなく、より広くグローバルな視野を持ち、アジアとの比較も記録に残している。

例えば、ヨハン・ペーター・エッカーマン氏(1792-1854)の『ゲーテとの対話』でゲーテ氏は「中国の文学文化の繁栄の時代にヨーロッパ人はまだ森でさまよっていました」[6)]と述べている。ただし、ペルシャ、中国の文学を念頭に置きながらも、ゲーテ氏の世界文学が基本的に問題にしているのはヨーロッパ文学であり、ヨーロッパ諸国の将来なのである。

## 3　比較文学と世界文学

19世紀のゲーテ氏のWeltliteratur(世界文学)の概念が、なぜ1990年代に主にアメリカとフランスで、World Literatureという文学研究のアプローチとして強く主張されるようになったのだろうか。これは文学研究の北米の傾向、つまりポストコロニアル理論の台頭と比較文学の危機といった状況に深く関わっている。1991年から1997年の間に*World Literature Today*というオクラホマ大学の雑誌が、ポストコロニアル主義の方法として世界文学に関する論文を中心に出版していた。そしてフランスでは、パスカル・カザノヴァ氏(Pascale Casanova)が*La République mondiale des lettres*(文学の世界共和国)を執筆し、世界文学に関心が集まった[7)]。フランコ・モレッティ氏(Franco Moretti)[8)]は、マルクス主義の視点から世界文学の文学市場の問題を考察し、グローバルな資本主義から文学を救おうと試みる。2000年代に入るとダムロッシュ氏の活躍がある。

その活躍をダムロッシュ氏の本に沿って見てみよう。2003年に『世界文学とは何か？』(*What is World Literature*、2011年に日本語訳)[9]を出版して話題を呼び、6年後には『世界文学の読み方』(*How to Read World Literature*、2009年)を出版し、同年に『ロングマンの世界文学アンソロジー』(*The Longman Anthology of World Literature*、2009年)を編集し、そして2012年には『ラウトレッジ世界文学必携』(*The Routledge Companion to World Literature*、2012年)を共同編集した。

その背景には、比較文学が危機的な状況にあり、それゆえに新しい文学研究へと開いていく目論見がある。ダムロッシュ氏は、ハーバード大学の比較文学科の学科長を勤めているのだが、「世界文学」は従来の比較文学に対する批判から産まれた方法で、その意味では比較文学という分野の焼き直しと考えればよい。というのも比較文学の土台になる四つの言語、英語、フランス語、ドイツ語、ラテン語の文学作品だけでなく、翻訳を使って、授業または研究で利用する文学作品の幅を広げるべきだと問いかけるものであったからだ。

実際に世界文学という概念を熱心に広めようとしている学者のほとんどはやはりヨーロッパ文学の専門家なのである。最近は中国文学の研究者、もちろん日本文学の研究者も「世界文学」について論じるようになったが、「世界」と言いながら根本にあるのはやはりヨーロッパなのである。つまり高等学校や大学で必須科目として教えられる従来の文学のキャノンを「補うもの(supplemental)」としてヨーロッパ以外の地域のものを都合のいい時だけ取り入れようとしているともいえ、この点について、アフリカ、アジア、南米などの文学の専門家は懸念を抱いている。ブリティッシュ・コロンビア大学で、英文学科の教員が世界文学のプログラムを作ろうとしたときには、地域研究として片づけられているアジア研究学科の同僚とともに私は猛反発した。

私と同僚の怒りがどのようなものであったかは、「世界文学」を分野として作りあげたダムロッシュ氏の本で日本がどのような位置を占めているのかをみればわかるだろう。2003年の『世界文学とは何か』(*What is World Literature*)では『源氏物語』と『平家物語』に少し触れ、『世界文学の読み方』(*How to Read World*

*Literature*)では中国の杜甫の詩を取り上げ、そして『源氏物語』の和歌と散文の関係について少し触れられているだけである。日本文学の傑作は『源氏物語』である、という従来の北米の比較文学研究にありがちな立場で書かれていることがわかる。そして『ロングマン・アンソロジー』(*Longman Anthology*)には何故かドナルド・キーン氏が訳した服部撫松(服部誠一、1842-1908)『東京新繁昌記』(1874-1876年)と岡倉天心(岡倉覚三、1862-1913)の『茶の本』(The Book of Tea, 1906)の一部分が載っている。2009年の『ラウトレッジ世界文学必携』では数多くの文学のうち、日本の文学は「世界文学と東アジア」(World Literature and East Asian Literature)に少し紹介してあるだけである。ここでは中国文学を中心にしていて、和文で書かれたものにはいっさい触れられておらず、『古事記』と『懐風藻』からいきなり漢文の影響を受けた近代小説の紹介にとんでいる。そしてご多分に洩れず、村上春樹を出して終えるのである。これらを合わせて考えると、日本文学とは、紫式部と近代の漢文影響下にある思想家と小説家、そして村上春樹からできているということになる。世界文学のアンソロジーに日本の作品が載っているだけで喜ぶ向きもあろうが[10)]、日本文学に対する海外の読者の意識がこのようなものでいいのか、疑問を持つべきだろう。現在、世界文学として通用する日本の作者は紫式部と村上春樹に限られるという印象を与えているのはかなり残念なことではないだろうか。この現状を変える責任は、我々日本文学の研究者にあると思っている。

## 4　日本における「世界文学」

北米の「世界文学」という言葉とその研究の傾向には、いま述べてきたような背景があるわけだが、それが日本ではどこまで理解されているのだろうか。次に日本で用いられている「世界文学」という言葉に、どのような意味やニュアンスがあるのかみてみよう。

さっそく定義を確認しようとして、まずオンライン検索、論文検索を行ってみると、不思議なことに、日本語のウィキペディアには「世界文学」の項目が存在していない。では論文検索ではどうだろうか。

「世界文学」を国文学研究資料館の論文目録データベースで検索するとほとんどのものが近代の作品についての論である。学会はどうだろうか。2013年に東京大学で「グローバル化時代の世界文学と日本文学——新たなカノンを求めて」[11]というテーマで学会が行われている。現代文芸論の研究室が計画したからだろうが、インターネットに載っていた資料を見る限り、講演を含めた32人の報告者のうち、近代以前の専門家は外国人の日本文学研究者がたった2人いるのみであった。「新たなキャノン」を求めるというなら、百何年の歴史で事足りるはずもなく、千年以上に渡る日本文学の長い歴史を視野に入れる必要があるだろう。

一方で、北米の「世界文学」の傾向を見るとヨーロッパ中心であるということがよくわかる。しかし、日本では、『古事記』、『枕草子』、『源氏物語』、『平家物語』と世界文学について論じているものがないわけではないが[12]、基本的に近代文学の問題であるようである。こうした傾向を鑑みると、いっそのこと「世界文学」などは不要な概念として捨ててしまった方がいいようにも思えてくる。とはいうものの、あっさりと捨て去ってしまう前に、研究や批判の動向を以下に確認しておこう。

## 5　近年の問題意識

現時点では、従来の比較文学の「傑作」以外の作品が「世界文学」として認められるには次の条件があると言える。

(1) 英語に翻訳されていること。
(2) 英語で広く読まれていること。
(3) ヨーロッパ文学の研究者が比較の対象として認めていること。

ここで注目したいのは翻訳の役割と世界の見方の問題である。2016年10

月2日に学習院女子大学で開催された国際研究会「世界文学としての日本文学」では、伊藤守幸氏が趣旨説明で「『世界文学』という概念が翻訳と不可分のものである」と述べたように、世界文学に不可分のものとして翻訳の問題があるとされている。香港城市大学の張隆渓氏が指摘するように翻訳の役割と可能性が現在議論され、翻訳できない状態(untranslatability)について、そして翻訳の政治性について「世界文学」に対する様々な議論が続いている。Untranslatabilityを主張する学者が翻訳という手段を否定する一方、それに対して比較の手段となる翻訳を倫理や政治を考えた上で使うべきだとされる論もある[13)]。これらの批判は主にダムロッシュ氏の世界文学の定義とヨーロッパ中心的な研究がいまだ行われている比較文学の分野に対して向けられている。

ダムロッシュ氏は『世界文学とは何か』では次のように定義する。

(1)世界文学は国文学のあいまいな屈折表現である。
(2)世界文学は翻訳によって達成される文学である。
(3)世界文学とは一連の古典作品をさすのではなく、自らの属する時空間を超えて無縁なものとかかわりをもつような読みの方法である。

この定義では翻訳によって更に文学的な価値があがることになっており、それは英語で読まれることが原則となっている。ヨーロッパ以外の作品は単に「文学」を補うものであり、文学理論の中心をなすようなものではないという考えに陥っているると言えるのではないだろうか。レヴァティ・クリシュナスワミ氏(Revathi Krishnaswamy)が説明するように、西欧文学や哲学が中心となっているため、それ以外のものは理論として扱われない。「理論は西欧の哲学的伝統からのみ生まれるものであり、この点から見ると非欧米はエキゾチックな文化的作品の源となるだろうが、理論を生み出す場とはならない」[14)]。同様の問題を指摘し翻訳不可能性(untranslatability)に重点を置くのがコロンビア大学のガヤトリ・チャクラヴォルティ・スピヴァク氏(Gayatri

Chakravorty Spivak)やニューヨーク大学のエミリー・アプター氏(Emily Apter)である。

しかし、ダムロッシュ氏をはじめ、彼を批判するアプター氏まで全員が合意していることは翻訳の重要性と、フランス語、ドイツ語、ラテン語以外の言語習得の必要性である。日本文学の将来についての懸念をいだいている学者が多いが、北米の言語プログラムに限っていえば、日本語習得を希望している学生はまだまだ多い。幸いなことに私が勤めているブリティッシュ・コロンビア大学では1年生だけで毎年新しく800人以上が日本語の授業に参加しようとしている。

では、「世界文学」をヨーロッパ中心の世界観からどのように切り離せばいいのだろうか。最近の研究によると「世界」ではなくて、「惑星」(planet)の視点から考えようと提案する学者も少なくない。

張氏は次のように説明している。

> いまどきは世界文学の「世界」は本当にグローバルであるべきだと認識されているし、最近人気の表現を借りるとそれは地理的意味において惑星的であるべきだ。世界文学を論じる時に文学作品は言語、文化だけでなく、ヨーロッパ中心主義、あるいはいかなる民族中心主義をも超えた地域、大陸の越境でなければならない[15)]。

今の時点では、単なる言葉の入れ替えにも映るが、この「惑星」文学がこれからどう展開していくのか今後も注目していきたい。

## 6 『更級日記』と世界文学

最後に『更級日記』の新しい英訳が「世界文学」の問題にどのように貢献し得るのかについて考えたい。日本由来の世界文学を紫式部と村上春樹で終わらせないようにするためには、優れた翻訳を作る必要があるのはもちろんのこと、作品と密接な関係にある、歴史的、文化的なコンテクストを十分に説明していく必要がある。*The Sarashina Diary: A Woman's Life in Eleventh-Century Japan*はそのよい手本だといえるだろう。本書の半分近くが作者、テキスト、テーマ、構造、信仰、視点、語りについての解説となっている。本書の書評を見ると文学的な価値や翻訳の良さはもとより、世界観や作者の独特な視点について論じているものが少なくない。『更級日記』の独自性については、ダムロッシュ氏も認めるところであって、*The Sarashina Diary*の裏表紙にダムロッシュ氏の評価が載せられ、孝標女の言葉を借りて次のように書いている。「この独特の世界は、世界中の他の何にも似ていない。」

平安文学の作品を翻訳した経験があるなら、既に痛切に感じていることであろうが、言語、文化、地域、歴史を超えるのは容易なことではない。伊藤守幸氏、ソニア・アーンツェン氏の更級日記の新英訳と解説によって、日本の前近代文学、特に女性によって書かれた文学が更に多くの読者に知られることとなり、現在の「世界文学」の概念も広がりを持つことを期待したい。

最後にまた19世紀に話を戻して、ある女性学者の日本の宮廷文学発見の喜びを引用しよう。ゲーテ氏のWeltliteraturの対話から30年ほどたったころ、1860年、アメリカのバーモント州で生まれたアン・シャーロット・リンチ・ボッタ氏(Anne Charlotte Lynch Botta)は世界の国々の言語、宗教、文学、歴史について幅広く調べ、情報を収集し、それを『普遍的な文学――最高で最新の専門家より』*Handbook of Universal Literature, From the Best and Latest Authorities*という題で本にまとめた。Botta氏は詩人かつ教育者であったが他の国々の伝統を知るために情報を収集し、ハンドブックにした。日本についての章で、女性の社会的な地位について取り上げ、「文学――女性の影響」(The Literature: Influence of Women)という項で次のように論じている。

> 文学史の、類のない、注目すべき点は黄金の時代に多くの作品が女性によって書かれていることだ。その文学的な成果は例外的なものであり、日本は世界を驚かせ、喜ばせるのである[16)]。

世界文学が現在のヨーロッパ中心の枠を超え、実際に世界の文学作品を多く取り入れた「惑星」の規模になれば、日本文学も中心を補うエキゾチックな文化的作品という位置から理論を生み出すものになりうるだろう。

注

1) “World literature is sometimes used to refer to the sum total of the world's national literatures, but usually it refers to the circulation of works into the wider world beyond their country of origin. Often used in the past primarily for masterpieces of Western European literature, world literature today is increasingly seen in global context.”
Wikipedia https://en.wikipedia.org/wiki/World_literature（アクセス日：2017年10月20日）

2) “All literary works that circulate beyond their culture of origin, either in translation or in their original language.” David Damrosch, *What is World Literature*（New Jersey: Princeton University Press, 2003年）4頁。

3) アルベール・レオン・ゲラール『世界文学序論』“Goethe was the godfather of World Literature” Albert Léon Guérard, *Preface to World Literature*（New York: H. Holt and Co., 1940年）15頁。

4) ピーター・モーガン氏は「世界文学は文学研究の学習法ではなく、世界の見方である」（“World literature is a way of viewing the world rather than a program of literary study”）と論じている。Peter Morgan, “Translating the World: Literature and Re-Connection from Goethe to Gao,” *Revue de littérature comparée*（2013年1月、第345号）71頁。

5) 「ゲーテは『世界文学』をその時代における近代化と国際化と関連づけ、それによって当時発生していた利己主義的なナショナリズムと反動主義の力にそれとなく対抗させた」とモーガン氏は指摘する。“Goethe links ‘world literature’ to his age and to questions of modernization and internationalization, implicitly pitting it against both the emergent self-interested nationalisms and the reactionary powers of the time.”
Morgan, “Translating the World,” 71、72頁。

6) John Pizer, “Goethe's ‘World Literature’ Paradigm and Contemporary Cultural Globalization, *Comparative Literature* 第52巻、第3号（2000年、夏）216頁。

7) パスカル カザノヴァ『世界文学空間——文学資本と文学革命』（岩切正一郎訳、2002年）。

8) Franco Moretti, “Conjectures on World Literature”, *New Left Review*（2000年、1・2月、第1号）。

9) デイヴィッド・ダムロッシュ『世界文学とは何か？』（秋草俊一郎他訳、国書刊行会、2011年)。

10) 「世界」の目や「世界文学」における位置を気にする日本の文学研究者は現在に限らないようである。例えば、既に半世紀前に「世界文学の中での日本文学ということで、日本文学がどのように見られているのか、また今後どのように位置づけられてゆくか」を問いかける座談会が設定されていた。アイヴァン・モリス、長谷川泉、武田勝彦「世界文学の中の日本文学(座談会)」『解釈と鑑賞』第434号(1970年5月)。

11) 「グローバル化時代の世界文学と日本文学——新たなカノンを求めて」東京大学、2013年3月3日〜4日。

12) 小島憲之「世界文学としての古事記」(『国文学』第7-3号、1962年)。武田勝彦「枕草子と世界文学」(『枕草子講座』第1巻「清少納言とその文学」有精堂、1975年)。

源氏物語に関しては：

ハルオ・シラネ「特集　源氏物語　絵と文　世界文学としての『源氏物語』とは何か——深層比較と教育現場」(北村結花訳『アナホリッシュ国文学』第4号 、2013年)。

ハルオ・シラネ「特集　『源氏物語』——危機の彼方に　危機を機会に世界文学として『源氏物語』を読む」(『解釈と鑑賞』第73巻、第5号、2008年)。

鈴木登美「日本文学と世界文学——『源氏物語』と近代日本」(『海外における源氏物語』(講座源氏物語研究)第11巻、おうふう、2008年)。

渡部昇一「〈講演〉源氏物語を世界文学にしたアーサー・ウェイリー」(『国境を越えた源氏物語』PHP研究所、2007年)。

伊井春樹編『世界文学としての源氏物語——サイデンステッカー氏に訊く』(笠間書院、2005年)。

河添房江「世界文学としての源氏物語——翻訳と現代語訳の相関」(小島孝之、小松親次郎編『異文化理解の視座——世界からみた日本、日本からみた世界』東京大学出版会、2003年)。

ハルオ・シラネ(竹内晶子訳)「源氏物語研究への提言 世界文学における『源氏物語』——ジェンダー・ジャンル・文学史」(『源氏研究』第6号、2001年)。

井上英明「世界文学における源氏物語」(『源氏物語講座』第1巻「主題と方法」1971年)。

日下力『「平家物語」という世界文学』(笠間書院、2017年)。

英語においてはMichael Emmerich, *The Tale of Genji Translation, Canonization, and World Literature*(New York: Columbia University Press, 2013年).

13) Longxi Zhang, *From Comparison to World Literature*(Albany: SUNY University Press, 2015年)24-28頁.

14) クリシュナスワミ氏は世界文学知識(world literary knowledges)という概念を推薦

し、それによって西欧中心となっている理論というものを考え直すべきであると主張する。Revathi Krishnaswamy, "Toward World Literary Knowledges: Theory in the Age of Globalization," *Comparative Literature* 第62巻、第4号（2010年、秋）400頁。Longxi Zhang, *From Comparison to World Literature*（Albany: SUNY University Press, 2015年 ）180頁から引用.

15） "By now we may assume that the "world" in world literature has to be truly global or, to borrow a term recently made popular, it should be planetary, in a geographical sense. That is to say, when discussing world literature, the sampling of literary works must cross over not only languages and cultures, but also regions and continents, beyond Eurocentrism or any other ethnocentrism.

Zhang, *From Comparison to World Literature*, 174頁。

16） "It is a remarkable fact, without parallel in the history of letters, that a very large proportion of the best writings of the best ages was the work of women, and their achievement in the domain of letters is one of the anomalies with which Japan has surprised and delighted the world."

"Handbook of Universal Literature, From the Best and Latest Authorities by Botta" http://www.gutenberg.org/ebooks/8163（2017年10月20日にアクセス。）

【討論要旨】

# 世界文学における更級日記

## ——新訳の国際的評価をめぐって

福家俊幸(早稲田大学)

討議の模様を紹介することが筆者に与えられた課題であるわけだが、その任を果たす前に一言述べることをお許しいただきたい。2014年、ソーニャ・アンツェン氏・伊藤守幸氏共訳による『更級日記』の新しい英訳の刊行はこの作品をワールドワイドに、しかも等身大の形で流通させるうえで、画期的な出来事であった。むろん、『更級日記』が海外で無名な存在であったというわけではない。平安時代の小品としては意外なほど、海外で一定以上の読者を獲得していたようである。その要因はアイヴァン・モーリスの英訳の刊行であろう。その英訳の題名は“As I Crossed a Bridge of Dreams”「夢の橋を渡って」とでも邦訳されるべきもので、『更級日記』という表題に籠められた老残のわが身への自嘲は捨象され、『源氏物語』の最終巻「夢の浮橋」にこそふさわしいような浪漫的色彩を帯びたものであった。モーリスのいわば文学的な脚色が英語圏の読者の目を引き、二次的な創作、例えばハンガリーの作曲家エトヴェシュ・ペーテルによってオペラが作曲されるきっかけを生んだのである。アンツェン氏・伊藤氏の新訳は虚飾を剥ぎ、まさに『更級日記』を学術的な裏付けのもと、忠実に訳出し、詳細な注記と解説を付けて、英語圏の読者達に届けた、最初の本格的な仕事であり、永く高い評価を受けることになるだろう。

今回のシンポジウムはこの新訳を契機に『更級日記』と、これも現在多くの論議を呼んでいる、ダムロッシュ氏によって提起された「世界文学」という概念との関係を中心テーマにした、まさに時機と人を得たものであった。

そのようなシンポジウムにふさわしく討議も活発なものとなった。まず各発表者の補足から、自然と質疑応答に移っていった。以下、紙幅の関係もあり、各自の発言を要点に絞って、その模様を紹介する。見解はかなり対立した部分もあるが、三人のパネリストのお人柄もあってか、大変和やかな、頻繁に笑いが起こる雰囲気であった。その様子も伝わっていれば幸いである。

**ソーニャ・アンツェン氏**

「我々の新訳は『更級日記』を世界文学のコースやアンソロジーに入れたいという思いで刊行したことを言い添える」

**リチャード・バウリング氏**

「世界文学というコースはイギリスの大学にはない。北米のものだろう。実際、この会場に来るまで世界文学ということばは聞いたこともなかったし(笑)、ダムロッシュの名も初めて聞いた(笑)。世界文学とは、どういうものか。国際化と同義か。とすれば、それにどういう意味があるのか。」

**クリスティーナ・ラフィン氏**

「世界文学という概念は北米やカナダでは大きな問題になっている。ゲーテが提起した世界文学の概念は、どんどん広がり、最近では惑星さらに惑星を越えて(笑)などと言われている。イギリスでは問題にはなっていなくても(笑)、日本で世界文学ということばを使う際には、北米・カナダの状況を知っておく必要があるのではないか。」

**バウリング氏**

「『伊勢物語』は世界文学になるだろうかというのが、私が提起したい大きな問題だ。『伊勢物語』の翻訳は不可能なのではないか。しかし『伊勢物語』は日本文学の中枢というべき作品で、これを除いて日本文学史は成り立たない。『伊勢物語』はいくら翻訳を出しても、『源氏物語』と違い、海外で広く読まれることはない。」

**アンツェン氏**

「小津安二郎の映画は世界中の人々に理解されるとは当初思われていなかったが、今では世界中で観られ評価されている。コンテクストを読者に上手に与えることが大切なのではないか。実際『伊勢物語』も翻訳ではあるが、多くの海外の学生が日本文学コースで学んでいるという現実がある。」

**ラフィン氏**

「ダムロッシュ氏の定義はいわば流通する、モノとして、物質文化としての世界文学だが、それに対して、本日の発表で、志賀直哉がハーンの英語を参考にしたり、リーチの話す日本語に感動したりする関係が紹介されたが、海外と日本との理想的な協力関係であると同時に互いの世界観を越える関係だ。共通する言語、文化に基づいた東アジアの漢字文化圏の研究など文化圏の研究が――私も含めて――今盛んにおこなわれている。世界や世界文学が越境して混じり合う、面白い研究ができる時代が到来している」

ここまでの討議を整理したい。バウリング氏が『伊勢物語』の翻訳は可能かという疑問から、『伊勢物語』が世界文学たりえるのかという問題を提起したのは重要な問題として受け止められよう。翻訳を難しくするものが『伊勢物語』に内在することは確かだろう――それは歌物語という、歌を中心にした、しかも断章的な短編物語であることとも関わるだろう――。それに比べ、『源氏物語』は海外で翻訳され、多くの読者を得ている。日本文学の中でも、翻訳されやすいものとされにくいもの、さらに言えば世界文学になりやすいものとなりにくいものとがあるのかもしれない。本質的な問題を抉出した指摘であった。しかし一方で、コンテクストの説明によってその壁を越えようという努力も不断になされるべきだろう。『更級日記』の新訳に携わったアンツェン氏のことばが持つ意味は重い。ラフィン氏の問題意識はダムロッシュの世界文学が持つ西洋中心主義を日本文学研究者として批判的に捉えるものだが、グローバルな発想をアジアの側から修正・深化させようとするものと受け止められる。氏が言及した、漢字文化圏という枠組みは国という軛を越境していく上で有効だが、そのような巨視的、包括的な視座は、漢字文化圏の東端で『伊勢物語』のような仮名物語が作られ、中世以降、正典として享受されたという意味が再考されることに繋がる。

この後、フロアからの質問に移り、さらに討議は佳境に入っていった。

**ロナルド・トビ氏**

「バウリング氏は題を標題として扱っていたが、勅撰集や家集などで「題知らず」とあるように、トピックとしての題、歌が詠まれるきっかけとしての題も考えなくてはいけないのではないか。また比較文学が世界文学に様変わりしようとしている流れと同じように、歴史学も世界史あるいは地球史、グローバル・ヒストリーが盛んだ。それはNATO諸国を世界の中核に置き、悪く言えば植民地的な立場に立つが、ダムロッシュ氏の世界文学も同じところがある。そこから外の文学を評価しているところがあると思うがどうか。」

**バウリング氏**

「和歌の場合は題があって歌が作られる構造だが、私が述べた題は作品を書いた後に題がつけられるという逆の構造だ。平安時代の女性が作品を書く前に題を付けたのか、後に題を付けたのか、両方あっただろう。」

**ラフィン氏**

「比較文学から世界文学へという流れを説明したが、確かに歴史も同じだ。日本の歴史を説明する際に、北米やヨーロッパの歴史との比較から説明するわけで、どうしても比較の視点が必要になる。女性史の大きな学会Berkshire Conference on the History of Womenに出席すると、ローマや女性奴隷などさまざまな話題が聞けて刺激を受けるが、自分がアジアの発表をすると、アジアの専門家しかその会場にいない。そこに根本的な問題がある。若い世代が中心になり世代交代が進まないと、アジアを取り込んで考える状況にならない。」

**バウリング氏**

「伊藤氏に質問したい。なぜ冒頭に薬師仏が書かれているのか。阿弥陀仏ではないのか」

**伊藤守幸氏**

「バウリング氏の薬師仏の指摘は面白く説得力もあると思った。阿弥陀仏は来迎仏なので晩年の記事に出てくる。一方で薬師は遣送仏であり(久保朝孝説)、迎えとるのは阿弥陀である。薬師は東の浄土(東方浄瑠璃世界)、阿弥陀は西の浄土(西方極楽世界)の仏なので、このような構造へのこだわりがあるように思う。平安時代の造像活動に関する調査によって、東国、関東地域で薬師仏がたくさん作られていたことが知られているが、こうした点もこの問題と関わっているだろう。」

**米谷均氏**

「日本人にはマイナーに感じられる『更級日記』のどういうところに、パネリストの方々は魅力を感じたか。11世紀日本の『源氏物語』に憧れた少女の心情をどのようにとらえるのか」

**アンツェン氏**

「モーリスの英訳を読むと、大人になりきれなかった少女が描かれているが、あまり面白いという印象がなかった。だから原文の解釈が大事だ。伊藤氏との出会いから原文と向き合うことになり、その魅力に気づいた。限定された世界に住んでいた女性達が本を読むことで世界が広がった。夫や子供などの家族を書かず、働いている職場の宮仕えを書く。中世日本の女性の日記は宮仕えが中心になるが、孝標女にとっても仕事が大事だったということだろう。世界文学という視野の中では、このように物語に憑かれた女性が他に描かれておらず歴史的にも貴重である。これは現代に繋がる普遍的な姿だと思う。そこに魅力がある。」

**バウリング氏**

「注釈がないと『更級日記』も『伊勢物語』も読めない。注釈の方が面白いという人もいる。学者的な言い方だが(笑)。しかしこれが世界で読まれるのか疑問だ。フローベールの小説やドイツ、ロシアの小説などは、日本人は注釈なしで読むのではないか。注釈をどれくらいいれるのか、『紫式部日記』もそうだが、背景を説明しないと鑑賞できないとすると、そこには一つの壁がある。」

**ラフィン氏**

「注釈なしで何も読めないということから思い起こすのは、先輩のグスタフ・ヘルト氏の『古事記』の新しい英訳だ。1969年に出た、読みにくい古い英訳は学生に難解といわれ史料のように扱われているが、この新しい英訳は注をつけない方針で神々の名前もそのまま訳している。学者は敬遠気味になってしまうけれど、一般読者はこれによって『古事記』を読めることになるのではないか。どういう読者を相手にしているかが問題だと思う。」

**バウリング氏**

「でも、まったく違った作品になる。翻訳ではなく、『古事記』の英語版ではないか。」

**ラフィン氏**

「タイラー氏が英訳の『源氏物語』を刊行したときに、氏がコロンビア大学に発表しに来た。その際に年輩の出席者から、なぜそんなくだけたことばで訳したのか、貴族らしい英語で訳さなかったのかという質問が出た。タイラー氏は『源氏』が作られた時代はまさに現代語として読まれていて、そのことを読者に経験させたかったと答えていた。どのようなことを読者に経験させたいかによって、翻訳の方向性は決まってくるのではないか」

**バウリング氏**

「もう一つ別の問題を(笑)。現代語訳という概念は日本特有ではないか。シェークスピアの現代語訳は海外にはないのではないか。チョーサにはあるか。あるとしても、ひどいものだろう(笑)。シェークスピアは一般の人が聞いたら何もわからないのが実情だ。」

**米谷氏**

「でも日本の高校生が学ぶ古典も専ら暗唱するもので、意味がわかっていないことが多い。私の経験からも意味は後になってわかる。」

**バウリング氏**

「私は和歌の英訳は不可能だと思っている。元のものとはまったく別のものだ。日本の和歌の現代語訳もまったく別のものになっている。」

**米谷氏**

「上田敏によるヴェルレーヌなどの訳詩も、元の原詩とは変わってしまって流布している。」

**トビ氏**

「末松謙澄の『源氏物語』の英訳が途中で終わっていることもあるが、ウェイリーの英訳は大変広く読まれている。ウェイリー訳は注釈ではなく、独立した文学作品として読まれていた。詳しい注釈はかえって邪魔で、すらすら読むことを妨げる。私はまず先にすらすら読んでから、注釈に戻るようにしている。極端な例を話すようだが、聖書はラテン語に翻訳され、ドイツ語の翻訳は翻訳の翻訳、キング・ジェームズの英訳も翻訳で、聖書の注釈はない。アメリカにいるプロテスタントの原理主義者は聖書に書かれたことばとおりに行動し、十戒の「汝、殺すことなかれ」を守っている。だが、元々ヘブライ語の原典では「汝、殺人することなかれ」で、殺人はいけないが、人以外を殺すことは許されていたのだ。」

「翻訳と注釈」という大変本質的にして、デリケートな問題が討議されている。注釈が詳しければ詳しいほど、特に一般の読者は敬遠してしまうという問題は意味深長だ。まさに「すらすら」読めることが世界中の人々から享受される、世界文学になる条件であるように思える。一方で、作品の真価を理解させるためには、読者にそのコンテクストを的確に伝えなければならない。それは翻訳者や研究者の良心にかかるものだろう。そのテクストの性格にもよるが、いきおい注釈部分は膨らみ、結果一般の読者は離れてしまうというアポリアがある。その匙加減は、確かにどのような読者を想定するかという受容の問題にかかるように思われる。結局のところ、そのような受容の問題に到らざるを得ないのではないかと個人的には思う。ただし、すらすら読めてしまうこと自体、翻訳の操作であって、原典とは別のものになっているという指摘もたえず胸に刻んでおく必要がある。原典と翻訳との距離など、今後とも深められるべき問題が提起されていたことを多としたい。

フロアからの意見や質問はさらに続いた。

**今関敏子氏**

「世界文学という概念には違和感があり、世界の文学といったほうがしっくりくる。子供のころ親から与えられた少年少女世界文学全集がまさに世界の文学だった。世界文学という概念に潜むヨーロッパ中心主義、植民地主義が危険であるという主張に共感する。題の翻訳について言えば、翻訳者の主観や見解が入り込むという問題がある。例えば「とはずがたり」の題名が“The Confessions of Lady Nijō”と訳されているが、あれは「Confession」といったものではない。さらに題についていえば、『更級日記』は果たして日記を目指しているのか。物語的にも読めるし、回想録的にも読める。このような日記文学作品は他にもたくさんあるので、ジャンルにこだわらなくてよいと思うが、どのようにお考えか。」

**バウリング氏**

「これは翻訳の問題だと思う。平安時代の実態はおっしゃるとおりで賛成するが、英訳された題名がdiaryか、あるいはmemoirか、物語か、それによって、その後の読みの方向性が決められてくる。」

**ラフィン氏**

「日本文学の論文の題を検索すると「世界の〜」と冠している論文タイトルは近代以降の作品を対象にしたものが多く、前近代のものは「〜の世界」となっているものが多いことに気づいた。日本の世界文学全集の話を本会の冒頭で伊藤氏が述べていたが、どのような基準で作品が選ばれているか聞いてみたい。「とはずがたり」がThe Confessions of Lady Nijōと訳されたのは本が広く読まれるためだったのではないか。やはり注目され読んでほしいという思いが訳者にはあるだろう。後輩のマイケル・エメリック氏が『源氏物語』の翻訳についての研究書“The Tale of Genji: Translation, Canonization, and World Literature”を出したときに、World Literatureとしたのも、私が「どういうことなの？」(笑)と尋ねたところ、本人はダムロッシュの考え方とは若干違うと言っていたが、やはり幅広く、アジア研究者以外の人にも読んでもらいたいという思いがあったのだと思う。」

**伊藤守幸氏**

「四十年以上前の日本の世界文学全集はヨーロッパ中心でロシア文学も人気があったが、いわゆる第三世界の文学は収められていなかった。週刊朝日百科・世界の文学が出て、アフリカや東南アジア、イスラム世界、ラテン・アメリカの文学などが収められた。すべて日本人の研究者が携わっていて、ワールドワイドに世界中の言語を読み、それらの文学を鑑賞できる研究者の層がある。しかし、世界文学を総括するような視点は日本にはなかった。一方、世界文学を日本語に訳したもので研究して論文を書いても、そこに逆に言語の壁ができるように思う。世界文学という概念には、世界文学を考えていけるのは、世界の共通言語である英語圏の我々だという意識と発想があるのではないか。日本人が世界文学をリードしていくことはできないのではないか。

題名についても触れておきたい。『更級日記』は後世の人、藤原定家などが名付けた可能性も想定はできるが、たとえば『土佐日記』は貫之自筆本を藤原定家が見ているし(定家は、貫之自筆本には「土左日記」という貫之筆の外題があったと記している)、また『蜻蛉日記』の上巻には「かげろふの日記といふべし」と書かれていることから、作者の命名であることがわかる。一方、後の人が名付けたものは、『和泉式部日記』や『紫式部日記』など、作者の名を記してアイデンティファイしたものか、印刷文化以前の西洋と同じく、『たまきはる』のように、冒頭の一節をとったものだ。その点からすると『更級日記』は『蜻蛉日記』などと同じパターンであり、作者の命名ということになる。後の人が名付けたとすると、作中に存在しない「更級」という言葉を用いた命名は、あまりに凝りすぎではないか。」

**徳田和夫氏**

「物語の世界を世界文学という大きな枠組で把握できるかという問題意識のもとで本シンポジウムを聞いた。新しい動きであるが、定義にあやふやな部分もあり、物語の側からは、すぐには飛びつけない。ただ宗教説話、聖人伝のようなものは世界文学になりやすいように思う。ゲーテが言っていた中国の小説とは、唐宋の伝奇小説ではなかったか。これは普遍的な世界で、世界文学という提唱につながったように思う。薬師如来についていえば、平安末の神仏習合に注目したい。少彦名命(スクナヒコナノミコト)との習合から温泉説話の関わり、身体の治癒の動きとの関わりが見えてくるのではないか。プラネット・リタラチャーやギャラクシー・リタラチャー(笑)など広がりを見せている研究動向だが、私としては北東アジア、日中韓からまず考えたい。ただ大変刺激を受け勉強になったことに感謝したい。」

世界文学とは何か、何をもって世界文学というのか、という問題を中心に、多岐にわたる提言が終了予定時間を超過して続いた。翻訳、題、ジャンル、さらには出版、読者との関係など、いずれも大変刺激的な問題が提起された。その指摘に対して詳細にわたってコメントしたい誘惑にかられるが、かえってその価値を歪めてしまう恐れもある。ここでは、海外の日本文学研究者が真摯に日本文学の特質を考え、世界文学という概念に内在するイデオロギーを批判的に捉えていることに強い感銘を受けたことだけ記しておきたい。最後に、ホスト役というべき伊藤守幸氏・徳田和夫氏によって、世界文学という概念の受け止め方、シンポジウム全体の印象、個々の指摘への提言が語られたことも貴重であった。

なお、本討議におけるパネリスト及び質問者の発言は冒頭でも述べたように、討議の司会をつとめた福家により要約されたもので、遺憾ながら省略した部分もある。相互の呼びかけ、または引用された氏名のほとんどに「先生」という敬称がつけられていたが、すべて「氏」に統一した。貴重な提言のすべてを活かしきれなかったことを深くお詫びするとともに、原稿としてまとめるに際し、聞き誤り、誤解があるかもしれない。そのために生じた最終的な責任は福家にあることをお断りしておく。

# 執筆者一覧

編者

**伊藤守幸**（いとう・もりゆき）

秋田県生まれ。東北大学文学部卒業、東北大学大学院文学研究科博士課程後期課程中退。博士（文学）取得（東北大学、1995年）。国立仙台電波工業高等専門学校助教授、弘前大学人文学部教授などを経て現在学習院女子大学教授。著書に『更級日記研究』（新典社、1995年）、『更級日記の遠近法』（新典社、2014年）、共訳に"*The Sarashina Diary : A Woman's Life in Eleventh-Century Japan*"（Columbia University Press, 2014）など。

**岩淵令治**（いわぶち・れいじ）

1966年東京都生まれ。学習院大学文学部卒業、東京大学大学院人文社会研究科博士課程単位取得退学後、博士（文学）取得（1999 年）。国立歴史民俗博物館総合研究大学院大学准教授などを経て現在学習院女子大学教授。著書に『江戸武家地の研究』（塙書房、2004年）、編著に『史跡で読む日本の歴史9』（吉川弘文館、2010年）、共編著に『歴史研究の最前線vol.13　史料で酒をよむ』（国立歴史民俗博物館、2011年）、『日本近世史』（日本放送出版会、2013年）など。

執筆者（掲載順）

Ronald Toby（ロナルド・トビ）

1942年アメリカ生まれ。コロンビア大学、同大学院で日本史・韓国朝鮮史専攻、文学博士取得（1977年）。日本近世史、日朝交流史。イリノイ大学、東京大学の教授を経て、現在イリノイ大学名誉教授。人間文化機構日本研究功労賞（2011年）など受賞。著書に『近世日本の国家形成と外交』（速水融他訳、創文社、1991年）、『行列と見世物』（共著、朝日新聞社、1994年）、『「鎖国」という外交』（小学館、2008年）など。

Guillaume Carré（ギヨーム・カレ）

1970年フランス生まれ。パリ第1大学卒業、東洋言語文化研究院日本学研究科博士課程修了。現在、パリの社会科学高等研究院（EHESS）准教授。著書に"La gloire d'un marchand : Enomoto Yazaemon, négociant en sel dans le Japon du 17e siècle", *Extrême-Orient Extrême-Occident* n° 41, 2017, «Féodalités maritimes : le Japon médiéval et la mer (XIe-XVIe siècles)», in Michel Balard (ed.), *The Sea in History vol. II, The Medieval World*, Londres, Boydell & Brewer, 2017、"What Status for Service to the Lord?

The Clerks at the Mint and General Warehouse of Kanazawa", in Juan-Carlos Garavaglia, Michael J. Braddick, Christian Lamouroux (ed.), *Serve the Power(s), Serve the State. America and Eurasia*, Cambridge, Cambridge scholars publishing, 2016, pp. 369-398 など。

朴　花珍（バク・ハジン）

1956年韓国釜山市生まれ。釜山大学人文大学史学科卒業。東京大学大学院人文社会研究科博士号取得。現在國立釜慶大學教授。著書に『釜山の歴史と文化』（釜慶大学出版部、2003年）、『海洋都市釜山物語』（韓国学術情報社、2018年）、共著に『日本文化の中へ』（日本語バンク出版社、2002年）、『江戸空間の中の通信使』（ハンウル出版社、2010年）、共訳に『神國日本』（ハンウル出版社、2013年）など。

世川祐多（せがわ・ゆうた）

1989年東京都生まれ。学習院大学文学部史学科卒業、国立パリ第7大学日本学修士。現在同大学院博士課程在籍。論著に、「近世武家社会の養子から考える女性史」（『お茶の水女子大学比較日本学教育研究センター研究年報11』、2015年）、"Le couple dans la famille guerrière durant la seconde moitié de l'époque d'Edo (xviiie-xixe siècle) : la question du mariage et du concubinage"（近世後期の武家における男女の関係――婚姻と妾について）」(*Extrême-Orient Extrême-Occident* 41, 2017) など。

米谷　均（よねたに・ひとし）

1967年神奈川県生まれ。早稲田大学第一文学部卒業、同大学大学院文学研究科博士後期課程単位取得退学。早稲田大学商学部・中央大学文学部・共立女子大学文芸学部・学習院女子大学兼任講師。論著に「16世紀日朝関係における偽使派遣の構造と実態」（『歴史学研究』697号、1997年）、「近世日朝関係における戦争捕虜の送還」（『歴史評論』595号、1999年）、「豊臣政権期における海賊の引き渡しと日朝関係」（『日本歴史』650号、2002年）、「日明・日朝間における粛拝儀礼について」（中島楽章・伊藤幸司編『寧波と博多』汲古書院、2013年）、「中世日明関係における送別詩文の虚々実々」（『北大史学』55号、2015年）など。

望田朋史（もちだ・ともふみ）

東京都生まれ。学習院大学法学部卒業、同文学部卒業。東京大学史料編纂所学術支援職員を経て現在学習院大学大学院人文科学研究科博士後期課程。論著に「江戸幕府外交権と対馬藩」（『学習院史学』53号、2015年）、史料紹介に「江戸城・江戸関係絵図解題シリーズ1　朝鮮人来聘ノ節江戸席絵図」（共著『東京大学史料編纂所附属画像史料解析センター通信』79号、2017年）など。

郭　南燕（かく・なんえん）

1962年上海生まれ。復旦大学卒業、お茶の水女子大学人文科学博士。1993年から2017年までニュージーランド・オタゴ大学講師、准教授、国際日本文化研究センター准教授を歴任。研究分野は日本文学、多言語多文化交流。著書に*Refining Nature in Modern Japanese Literature*(Lexington Books, 2014)、『志賀直哉で「世界文学」を読み解く』(作品社、2016年)、『ザビエルの夢を紡ぐ――近代宣教師たちの日本語文学』(平凡社、2018年)、編著書に『バイリンガルな日本語文学』(三元社、2013年)、『キリシタンが拓いた日本語文学』(明石書店、2017年)など。

Sonja Arntzen(ソーニャ・アンツェン)

1945年カナダのサスカチュワン州生まれ。ブリティッシュ・コロンビア大学文学部卒業、同大学アジア学部修士号また博士課程修了。アルバータ大学教授を経て現在トロント大学名誉教授。著書に*Ikkyū and the Crazy Cloud Anthology*(東京大学出版会、1986年)、*Kagerō Diary*(University of Michigan Press, 1997)、共訳に*The Sarashina Diary : A Woman's Life in Eleventh-Century Japan* (Columbia University Press, 2014)など。

Richard Bowring(リチャード・バウリング)

ケンブリッジ大学卒業、同大学よりPh D 取得(1973年)。ケンブリッジ大学教授を経てケンブリッジ大学名誉教授。著書に*Mori Ōgai and the Modernization of Japanese Culture*(Cambridge University Press, 1979)、*Murasaki Shikibu: Her Diary and Poetic Memoirs*(Princeton University Press, 1982)、*In search of the Way: thought and religion in early-modern Japan*(Oxford University Press, 2017)など。

Christina Laffin(クリスティーナ・ラフィン)

カナダのホンビー島生まれ。ブリティッシュ・コロンビア大学アジア研究学科卒業、東京大学大学院総合文化研究科言語情報科学専攻修士課程修了、コロンビア大学大学院東アジア言語文化研究科日本文学専攻博士課程修了(2005年)。現在ブリティッシュ・コロンビア大学アジア研究学科准教授。著書に*Rewriting Medieval Women: Politics, Personality, and Literary Production in the Life of Nun Abutsu*(University of Hawai'i Press, 2012)、共編著に*The Noh Ominameshi: A Flower Viewed From Many Directions*(Cornell East Asian Program, 2003)など。

福家俊幸(ふくや・としゆき)

1962年香川県生まれ。早稲田大学教育学部卒業、早稲田大学大学院文学研究科博士課程単位取得退学。博士(文学)。早稲田大学高等学院教諭、国士舘大学助教授などを経て早稲田大学教授。著書に『紫式部日記の表現世界と方法』(武蔵野書院、2006年)、『更級日記全注釈』(角川学芸出版、2015年)、共編著に『紫式部日記の新研究』(新典社、2008年)、『王朝女流日記を考える』(武蔵野書院、2011年)、『更級日記の新世界』(武蔵野書院、2016年)など。

編者略歴

**伊藤守幸**（いとう・もりゆき）

秋田県生まれ。東北大学文学部卒業、東北大学大学院文学研究科博士課程後期課程中退。博士（文学）取得（東北大学、1995年）。国立仙台電波工業高等専門学校助教授、弘前大学人文学部教授などを経て現在学習院女子大学教授。著書に『更級日記研究』（新典社、1995年）、『更級日記の遠近法』（新典社、2014年）、共訳に“*The Sarashina Diary : A Woman's Life in Eleventh-Century Japan*”（Columbia University Press, 2014年）など。

**岩淵令治**（いわぶち・れいじ）

1966年東京都生まれ。学習院大学文学部卒業、東京大学大学院人文社会研究科博士課程単位取得退学後、博士（文学）取得（1999年）。国立歴史民俗博物館総合研究大学院大学准教授などを経て現在学習院女子大学教授。著書に『江戸武家地の研究』（塙書房、2004年）、編著に『史跡で読む日本の歴史9』（吉川弘文館、2010年）、共編著に『歴史研究の最前線vol.13　史料で酒をよむ』（国立歴史民俗博物館、2011年）、『日本近世史』（日本放送出版会、2013年）など。

学習院女子大学グローバルスタディーズ②

**グローバル・ヒストリーと世界文学**

**日本研究の軌跡と展望**

2018年4月20日　初版発行

編　者　伊藤守幸・岩淵令治

発行者　池嶋洋次

発行所　勉誠出版株式会社

〒101-0051　東京都千代田区神田神保町3-10-2

TEL：(03)5215-9021(代)　FAX：(03)5215-9025

〈出版詳細情報〉 http://bensei.jp

印刷・製本　中央精版印刷

組　　版　トム・プライズ



ISBN978-4-585-29165-7　C0090